ちゃぼ

今朝、わたしを自転車で轢《ひ》きそこねた男子中学生が側溝に転がったわたしを見下ろし舌打ちついでに「すいませんでした」と謝ってきたとき、わたしはおばあさんの飼っていたちゃぼのことを思い出した。

ちゃぼはおばあさんの家の裏で飼われていた。

そこは一日じゅう陽が当たらない場所だった。裏庭ではなく裏としか呼べない、半端な、もじゃもじゃとした樹木がひしめくあいまいな茂みのぜんたい、道ゆくひとの顔を歪めそむけさせる惰性の吹き溜まりのようなみすぼらしい一角……伸びきった樹木はみっしり重い葉をつけていて、風通しがとても悪い。奥のほうは暗くてよく見えない。

家の正面には追い越し禁止の二車線の県道が通っていて、そこから折れる細道が裏の入り口に面していた。入り口には古びたでこぼこの足拭きマットが三つに裁断されて、奥の暗がりに向かって細長く並べてあった。大雨が降ったあとなどは、どういうわけだかそのマットを濡らして奥から濁った水が流れ出し、流れ出したらしばらく止まらない。流れは細道のアスファルトを汚す。おばあさんは水道にホースを取りつけ、虹をつくりながらそのきたない水を洗い流す。きれいになるとホースを手放し、背中を丸めて裏の茂みのなかに消えていってしまう。ちゃぼのことが気がかりなのだ。

ちゃぼは奥にあるケージのなかで飼われている。

いちばんはじめは抱っこされながら見た。神社に行ってほおずきの実を取ってこようね、軒先で遊ぶわたしにおばあさんはそう言ったのだ。わたしは中身をくり抜いたほおずきの実をおばあさんが器用に口にくわえ、ビービー音を鳴らすのを聞くのが好きだった。そのつもりでおとなしく抱っこされていると、裏の入り口で不自然な角度におばあさんが向きを変えた。わたしは地面に降りて自分で歩くと言った。おばあさんはわたしを放さなかった。ヤだヤだ、ばあば、ヤだってば！　おばあさんは腰をかがめ、一枚目の足拭きマットを踏んだ。ヤだヤだ、ばあば、ヤだって言ってるでしょ！　叫ぶあいだに視界が翳《かげ》った。ココココ、奇妙な音が耳をくすぐり、すぐに嗅《か》いだことのないしょっぱい匂いが鼻いっぱいにこもった。わたしは覚悟をきめてかたく目をつむり、息を止めておばあさんの肩のくぼみに顔を押しつけた。

ほーうら、見てごらん、見てごらん！　かわいいから！　見てごらん！

おばあさんはわたしのからだを揺すった。最初は小刻みに、だんだんと大胆に。

放り出されないようわたしは必死におばあさんの胴に手足を巻きつけ、肩のくぼみに顔を押しつけつづけた。しばらくすると揺れがおさまった。安心してからだの力を抜いた瞬間、おばあさんはわたしの頭をうえから押さえつけ、ボトルのキャップをひねるように顔を正面に向けた。驚きと憤怒のあまりつい目を開けてしまった。

草木に覆《おお》われたいまにも崩れ落ちそうなケージの網目の奥で、なにかばさばさした、暗い、汚れた色の丸っこいものがひとかたまりになっていた。ある部分は巨大な糞《ふん》のようにケージの中央で動かなかった。ある部分はかたまりからちぎれてケージの端から端を行ったり来たりしていた。すべてのかたまりのふちに、ねばっこく光る赤黒いびろびろが揺れていた。

「ちゃぼだよ」

わたしは悲鳴をあげた。おばあさんはわたしを抱いたままからだを大きく傾け、ケージの鍵をはずしにかかった。わたしはさらに悲鳴をあげて手足を振りまわし、その拍子に手の甲で思い切り大好きなおばあさんの頰を打ってしまい、脇腹も蹴ってしまったのだが、おばあさんはなぜだかなかなかわたしを放そうとはしなかった。ひとしきり暴れたあとようやくその腕から抜け出すと、一目散に明るいところに向かって走った。最後の足拭きマットのところで足が滑って、頭からスライディングをするような格好で細道に飛び出した。そこに母親の車が表の県道を曲がって入ってきて、わたしは母の車に轢かれかけた。

裏のなかはものすごくうるさく、くさく、暗かった。つけくわえて、ああいう暗くて湿った場所には芋虫《いもむし》がたくさんいるにちがいなかった。わたしはちゃぼが怖かった。でも芋虫はもっと怖かった。考えつめると恐ろしさで全身がわなわなとふるえた。

とはいえ、怖いもののことを微に入り細を穿って無心に考えていると、ほんのすこしだけ元気が出てくるのはいまもむかしもつくづく不思議だ。

ところでわたしのおばあさんはじごくという食べものが好きだった。冗談のような名前の食べものだが、おばあさんは別にふざけていたわけではない。ごくふつうに「お昼はじごくにしよう」と言って、ごくふつうに食べていた。じごくというのは、茹でたてのあつあつの細うどんに、七味唐辛子を真っ赤になるほどふりかけ、熱いめんつゆを垂《た》らしただけの簡単な軽食だ。じごくの話は誰にも通じない。誰に話してもそんな食べものは聞いたことがないと言う。きっとおばあさんの出身地の郷土料理だったのだろう。あの家にいたときにはわたしもよくじごくを食べた。食べると辛くて汗がだらだら出た。

はじめてちゃぼを見たあの日の次の週末かもっとあとのこと、お昼に運ばれてきたじごくのうえにはつやつやと輝く黄色い卵が載っていた。

「ちゃぼの卵だよ」

おばあさんは言った。

わたしはちゃぼの卵を食べたくなかった。卵ならばふつうの卵がよかった。ちゃぼの卵はくさそうだった。この卵が裏のあそこで取り出されてきたもの、いや、取り出されてきたばかりのほやほやのものだと思うと、どうしても口に入れたくない、匂いを嗅ぎたくない、見たくもないのだがわたしはどうしても見てしまう。

なだらかな弧を描きぷりぷりに張りつめている卵黄のまわりには、白身がだらりと広がっていた。透明の白身がレンズのような役割を果たして、そのしたにまんべんなく振りかけられている七味唐辛子の細かな粒が拡大されて見えた。七味唐辛子は真っ赤だと思っていたのによく見ると緑っぽい粒もあるし真っ黒な粒もあった。

観察を続けていると、おばあさんがお膳の向かいから箸を入れて、卵をぐちゃぐちゃにかき混ぜた。卵は勢いよく泡立って、七味唐辛子とめんつゆと一緒に溶けあって、どんぶりのなかにちゃぼの色が現れた。

「ああ、おいしい」

そう言うおばあさんのどんぶりも同じ色になっていた。鼻と唇のあいだにもその色がすこしついていた。

夕方になると、おばあさんは「卵をとってくる」と言って勝手口から出ていくようになった。

わたしは家のなかに一人取り残されることが不安で、急いで靴を履き、そのあとを追った。おばあさんは鼻歌を歌いながら背中を丸めて足拭きマットを踏み、裏の茂みのなかに消えていく。わたしはそのマットの手前で足を止める。

茂みのなかからは時折、「クワーッ」というか「ケーッ」というか、人間の口腔のしくみではとうてい再現不可能な、ふざけた鳴き声が聞こえてきた。ばあば？　呼びかけても返事はない。呼びかけるあいだに鳴き声はますます音量を増していく。

両手で耳をふさぎ、大声で好きだったアニメの主題歌を歌いながら、その歌に合わせて胴と足だけで踊りながら、おばあさんを待った。わたしはそのころジャズダンスのキッズクラスに通っていて、将来は素晴らしい才能に恵まれた誰かのバックダンサーになるつもりだった。

ちゃぼはつぎつぎに卵を産んだ。

遊びにくるたび、居間のこたつのうえに並ぶ卵の方陣は大きくなっていった。

「ぽこぽこぽこぽこ産んじゃって。追いつかないの。またとりにいかなくっちゃ」

すでに家のなかでは消費が間に合わず、おばあさんはタオルを敷いた籠《かご》に卵を並べ、近隣の家々に配ってまわっているという。

この家にはおばあさんだけではなくおじいさんもいたし、猫と犬もいた。でもおじいさんの影はとてもうすい。朝白い軽トラックで出かけたきり、夜になってもあんまり帰ってこなかった。老人二人に犬一匹、猫二匹、ちゃぼ、それからもっと小さいなにか……がいた気がするが、居間と寝室が兼用で台所と風呂場がひと続きになっている狭苦しい平屋の一軒家につくづくいろんなものが住んでいたものだ。

犬はタローという名前で、後ろ脚をひきずっていて、キャンキャンうるさく鳴き、人間が触ろうとすると暴れるので、ほとんど散歩に連れ出されなかった。なぜ飼われているのか不可解なほど、誰にもかわいがられていなかった。子どものころ、わたしはあんまり、犬には興味がなかった。大人になってから突然、犬の魅力に打たれた。どんな犬でもかわいい。特にバーニーズ・マウンテンドッグやセント・バーナードのような大型犬が大好きだ。道端でそういうばかでかい犬と行きあうたびにでれでれとまなじりを下げているのだから、タローには納得がいかないだろう。かわいそうなタローはとっくのむかしに死んだはずだが、いつどんなふうに死んだものやら。わたしがタローの死に際を覚えていないことを、道ゆくバーニーズ・マウンテンドッグやセント・バーナードは知っている気がする。責められている気がする。でも大目に見てくれないだろうか……あのころわたしが好きだったのは犬ではなくて猫なのだ。

猫は二匹いて、一匹は鯖寅《さばとら》の「ぼく」、もう一匹はペルシャ猫の「あたいちゃん」だった。ぼくは幼児がきらいでわたしの足音を聞くだけで家から逃げていった。逃げおくれたあたいちゃんが餌食になった。わたしはあたいちゃんがいやがるのを無理やり抱っこしたり撫でさすったり、捕まえてきた昆虫を投げ出して反応を見たり、肉球の匂いを嗅いだり背中を噛んだりした。ごくまれに猫はゴロゴロ喉を鳴らした。

はじめてあたいちゃんと会ったのは、スーパー「いなげや」でのことだった。

おばあさんと弟たちと折り重なるように母の車に乗りこみ、「いなげや」に夕食の買い物に行ったときのこと、おばあさんがほかの者の目を盗んでわたしの名を呼んだ。近づいてみると、おばあさんは割烹着《かっぽうぎ》のポケットをそっとつまんでわたしになかを覗かせた。ポケットの奥の暗がりで、濡れ雑巾のように小さく丸まった銀色の仔猫が、こちらを見上げてミャーミャー鳴いていた。

「ペルシャ猫だよ」

その瞬間、おばあさんが光り輝いた。

前々からおばあさんが大好きだったが、決定的だったのはこの瞬間だ。わたしは世界じゅうの誰よりこのおばあさんを崇拝することに決めた。いつかこのひとの子どもになりたいと強く願った。決意は自分一人の胸に堅く留めた。それなのにその後まもなく、わたしは週末ごとに弟二人を伴わずに母の車に乗せられ、一人だけこの祖父母の家に預けられるようになった。

わたしには二人弟がいるが、二人は二卵性双生児だ。

年は三つ離れている。双子の弟ができると聞いたときには嬉しかった。でも期待していたように、生まれてすこし大きくなってからも、二人は唯一の姉としてのわたしを取りあってはくれなかったので、わたしは家のなかではつねになんとなく孤立していた。

でもおばあさんの家のなかでは違った。わたしは祖父母の初孫だった。祖父母が、というより特におばあさんのほうがわたしを溺愛《できあい》するので、わたしは自分をこの世で唯一無二の特別な存在だと信じることができた。そのせいで、わたしはいまものすごく孤独だ。

「ちゃぼの卵はおいしくない」

最初は一緒に顔をしかめていたはずなのに、いつしか母もまた裏に消えていくようになった。両手いっぱいの卵を抱えて戻ってくる母はいつも半笑いだった。

母が持ってくる卵は、おばあさんが毎日持ってくる卵とは色も大きさも違った。もしかしたら、あの卵はちゃぼの卵ではなくて、二人がそれぞれに裏で産んできた卵なのかもしれない。思っただけで口にしたつもりはないのに、母はいきなり、「あたしが産んだんじゃない」と顔を赤くして言った。

「おまえも行って、とってきなさい。まだ奥にたくさんあったから」

　わたしは聞こえないふりをした。おばあさんお手製の猫じゃらしであたいちゃんをかまっていると、母は台所から空のイチゴのパックを持ってきて、そのうえにタオルハンカチを敷き、うやうやしい手つきで卵を並べはじめた。そしてこちらに向かってまたなにか言ったが、わたしは依然として知らんぷりをきめこみ、背を向けつづけた。やがてあたいちゃんが遊ぶのに飽きて、ぷいと外に出ていった。振り返るとイチゴのパックは空になっていて、母の両手にはまたいっぱいの卵が載っていた。

「並べてみる？」

　母とわたしは黙って見つめあった。するとそこに近隣の家に卵を配り終えたおばあさんが帰ってきて、

「夕飯を食べていったら？」

　と勧めた。

　わたしはおばあさんのところにとんでいき、手に提《さ》げている籠を奪いとった。籠には卵と交換された野菜と菓子が山盛りになっていた。そこからチョコレートの菓子だけを選り分ける作業をしていると、

「あたし、ひさびさにじごくが食べたい」

　母が言った。

わたしとおばあさんは昼間もじごくを食べていた。おばあさんは立ち上がってうどんを茹ではじめた。運ばれてきたどんぶりのてっぺんには、昼間と同じく、やはりつやつやと光るちゃぼの卵が載っていた。

「ふつうの卵がいい」

わたしの呟《つぶや》きは無視された。慎重に卵だけよけて食べようとすると、横から母が箸を差しこんで、おばあさんがしたのと同じように、いや、それよりも激しく、どんぶりのなかが渦《うず》を巻くほどにぐるぐるぐるぐるかき混ぜた。

わたしは泣きたかったけれども泣かないでぐっと耐えた。箸を握って鼻に汗を浮かべながら、一生けんめいじごくを食べた。

「こんなに節操なくどさどさ産まれちゃあ、からだがもたないわ」

おばあさんは「いなげや」へ行き、リサイクルコーナーに集められた卵専用の透明パックを大量に持ち帰ってきた。

「出荷しなくちゃ」

このころ、じごくに載せられるちゃぼの卵は一つではなく二つに増えていた。てっぺんに二つは載せられないので、どんぶりの端と端から互いににらみあうようなかたちで、あるいはわたしを監視するようなかたちで、ちゃぼの卵は置かれた。こんなことはできるだけ早く終わらせなくてはいけなかった。

おばあさんが裏に卵をとりにいっているあいだ、わたしは冷蔵庫を開け、その一段分を占領している卵の一つを手に取った。

卵はひんやりと冷たかった。

そっと指を添えて包んでいるうちに、殻の表面に自分の体温がなじみ移って、わずかに温かくなっていくのがわかった。こちらが卵に働きかけているというより、卵のほうがこちらにもっと触ってほしいと働きかけてくれているような、すこしだけいやらしい感じで卵はわたしの手のひらに抱かれていた。ちゃぼのことはさておき……この卵じたいは素敵かもしれない。まずかたちがいいし、すべすべしているし、重さもちょうどいい……。

じっと見つめているとあるところで急激にいとおしさがつのった。わたしはたまらず唇を開き、舌を伸ばして殻に押し当てた。するとその瞬間、おなじみのふざけた、たまらなく不愉快なあの鳴き声が、わたしと卵のはじめての結合をやぶった。

慌てて椅子に飛びのり、脇の細道に面する流しの窓から身を乗り出すと、むくむくと太った茶色いちゃぼが一羽、胸を張って太い首を前後に揺らしながら道の真んなかで飛びはねている。

あっと思うまもなくどこからかおばあさんが走り出てきて、覆い被さるようにちゃぼに飛びかかった。ちゃぼはおばあさんの腕をすり抜け、奇声をあげながら細道の奥のほうへ逃げていく。一歩ごとに左右によちよちからだを傾《かし》げるぶざまな走りかただけれども、逃げ足は驚くほど速い。途中でちゃぼは不意をつく急激なUターンを見せると、おばあさんの足元をかすめて来た道を戻りはじめた。がに股気味のおばあさんはそのターンにすぐ対応できず、ちゃぼを捕まえようとして出した両手をそのまま地面につきいったん体勢を整えてから、百八十度向きを変えてちゃぼのあとを追った。

ちゃぼは頭を高く掲げほぼ一直線に、とさかと尾の羽根を応援旗のように振りながら、ものすごいスピードで疾走していた。一方追うおばあさんは非常にしんどそうに、ぱくぱく口を動かしていた。そのときはじめて気づいたのだが、さっきから奇声をあげていたのはおばあさんのほうだった。

ばあばが危ない、一刻も早くばあばを助けてやらなくては！　わたしは大急ぎで椅子から降りて靴を履き、外に出て細道に回った。

するとすでにそこには闘いを終えたわたしの大好きなひとが、いつもと変わらない穏やかな笑みをたたえて立っていた。

おばあさんの胸には、茶色いちゃぼがしっかりと抱かれていた。

ちゃぼの分厚い赤いとさかが、おばあさんの唇に触れていた。おばあさんは、ちゃぼの、おそらくは頬に当たる部分に自分の頬をすり寄せ、

「お散歩したかったのね」

と言った。

「でもみんなが待ってるからね。大事な大事なみんなだからね。一人だけ、勝手なことしちゃだめよ」

すーりすり、すーりすり、そう口にしながらおばあさんはぐったりしているちゃぼを抱きかかえて、裏の茂みに消えていった。


ちゃぼは卵を産みつづけた。何羽かが脱走を試みた。そのたびにおばあさんが駆け出した。じごくのうえに載る卵が三つになった。

ある夕方、とうとうおばあさんが言った。

「卵をとってきて」

「いやだ」

わたしの意志は固かった。

「ばあばはいま、手が離せないから」

「ヤだもん。ぜったいにヤだもん」

おばあさんはジャガ芋を洗う手を止め、黙って悲しそうな顔をした。わたしは流されまいとしたけれど、崇拝する大好きなおばあさんにそんな顔をしてほしくなかった。

「いまもたくさん産んでるはずだから。とりにいってあげないと、お部屋がきつくて、みんな病気になっちゃう」

「ばあばが行けばいいでしょ」

「ばあばはいま、手が離せないから」

そう言いながらも、おばあさんは流れる水のしたで芋を洗う手を止めたままだった。そしてわたしを見下ろすその顔は、悲しそうというより、恨めしそうだった。恨めしそうというより、憎らしそうだった。憎らしそうというより、いとおしそうでもあった。

「本当は、ばあばもちゃぼなの？」

「なに言ってるの。ばあばはちゃぼじゃなくて、ちゃぼのお友だちだよ」

「ちゃぼはちゃぼだから、友だちにはなれないよ」

「あたいちゃんは猫だけどお友だちでしょう」

そのあたいちゃんは、仏壇の紫色の座布団のうえに丸くなって寝ている。

「あたいちゃんと行っておいで」

わたしは猫を抱っこして土間に降り、買ってもらったばかりのアニメの主人公が描かれたピンク色のゴム靴を履いた。あたいちゃんは目を覚まして不快そうに手足を動かし、元いた場所に戻りたがった。ぎゅっとそのからだを抱きしめて、どこにも行かせないようにした。この猫はたしかに大事なお友だちだったけれど、いざというときが来たら、わたしは喜んでふたりの友情を犠牲にするつもりだった。外に出るとあたいちゃんはすこしおとなしくなり、前脚の爪をセーターの鎖骨のあたりに引っ掛けて体勢を安定させた。

足元にはすでに、汚れた足拭きマットの一枚目の切れ端があった。奥からココココというくぐもった鳴き声と、あのしょっぱい匂いが漏れ出てくる。

「卵をとってくるんだからね」

わたしは動物に話しかけるタイプの子どもではなかった。だからついあたいちゃんに話しかけてしまったそのとき、しかもあたいちゃんが声に反応してピンクがかった銀色の耳をピクンと震わせたとき、うんと恥ずかしかった。振り返ってそこに誰もいないことを確認した。ジャガ芋を洗う水の音だけが聞こえた。

わたしは最初の足拭きマットを踏んだ。それから二枚目を踏み、三枚目の途中で覚悟を決めて茂みに突っ込んだ。息を止め顔をうつむけ、もじゃもじゃした茂みの葉や枝に触れないように、背を丸くして一気に奥まで進んだ。たちまちけたたましい「クワーッ」と「ケーッ」の大合唱が始まった。顔を上げると、崩れ落ちそうなケージの網目のひとつひとつに食い込むように、なかにいるちゃぼが、ちゃぼが、いっぱいに膨らんでいた。

押さえつけていた恐怖が破裂し、わたしは気を失いかけた。

(絶対に捕まえてやる)

でもそう思ってしまった。

「絶対に捕まえてやる」

口に出してもいた。

殺気立ったあたいちゃんが、爪を立てフーッと毛を逆立てた。腕を放して逃がしてやると、逃げるついでにあたいちゃんは前脚の爪でわたしの顎《あご》を思いきりひっかいていった。ケージの端に、S字の針金をひっかけるタイプの鍵が見えた。針金を指でつまんだ。そのまま持ちあげてはずすと、ケージの端がちょっとだけ開いた。

「絶対に捕まえてやる」

わたしは中腰になってケージに侵入した。波のような動きで後方にちゃぼが引いていくのがわかった。狭いケージのなかで、鳴き声がいっそう耳にこたえた。その騒音を成す音の波長がずれたり重なったりして生じたなにかなのか、鳴き声とは別のところでリーンと高い音がずっと鳴っていた。

「絶対に捕まえてやる」

中腰のまま、わたしはちゃぼを奥へ奥へと追いつめた。

ちゃぼはひとかたまりになって後ずさりを続けた。かたまりからあちこちに伸びるクリームをしぼったかたちの頭部が、同じリズムで前後に揺れている。もう一歩踏み出したところで、くちゃ、と足元で小さな音がした。そっと靴を浮かすと、卵がつぶれていた。瞬間、膝《ひざ》の裏に激しい衝撃があった。同時にまえにいたちゃぼのかたまりがモーゼを渡す海の水のように二手に分かれ、開いたスペースにわたしは顔から倒れ込んだ。

すこしだけ時間が必要だった。

肘をついて地面から顔を上げ、襲撃された膝の裏に手を当てがってみる。ぬるりと濡れた感触があった。自分の血なのかちゃぼの唾液《だえき》なのかわからなかった。とにかく湿ってよごれていた。膝だけではなく全身がよごれていた。耳の奥がつまっているような感じで、もう何の音も聞こえない。ほっと息を吐くと、吸う空気と同じ匂いがした。ふしぎと穏やかな気分だった。からだのなかに力というものがいっさいなかった。再び肘を寝かし、顔を地面にぺったりつけてみると、冷たくすべすべとした卵の殻の感触が乾いた舌に甦った。解放された優しい気持ちで、わたしは寝そべったままそっと顔だけをうしろに振り向けた。

ちゃぼがいた。

ちゃぼはわたしを取り囲み、凝視《ぎょうし》し、カクカクと首を前後させ、分厚いとさかを真っ赤に燃えさからせていた。一羽が長く、粘るような鳴き声をあげた。もう一羽がそれに続いた。声と声がからまりあい大きなうねりになってケージを揺さぶり、あのリーンという高音がまたどこからか聞こえてきた。手で耳を押さえてもその高音は内から鼓膜を圧迫した。高音は次第に鋭さを増していき、音というより痛みに近いものになり、痛みがついには痺れに近いものになった瞬間、無数のとさかが同時にぱかっと開き、そこから半透明のぬるい液体がじゃーじゃーわたしのからだに流れ出した。

悲鳴をあげると同時に、わたしは踏みつけられ、尖《とが》った嘴《くちばし》でつつかれ、糞尿にまみれた。死闘だった。わたしは必死にもがき、ようやく一羽の脚を摑《つか》み、巨大なかたまりからブチッともぎとった。そして這い回りながらどうにかケージを脱出し、立ち上がり、ちゃぼを抱えて明るい光が差し込む方向目がけて夢中で走った。ところが一枚目のマットを踏む直前、そのちゃぼがわたしの脇腹に強烈な蹴りを入れ、傷だらけのわたしはからだを二つ折りにしてマットを滑り、細道に放り出された。

するとそこに母親の車が表の県道を曲がって入ってきて、わたしはまたしてもその車に轢かれかけ、その車に乗せられ、人事不省のまま家まで運ばれていった。

おばあさんは死ぬまでちゃぼの世話を続けた。

ある日卵をもらいにきた近隣のひとが裏のケージのなかで倒れているおばあさんを見つけて、救急車が呼ばれた。

四十九日が過ぎたころ、ちゃぼはどこかへ売り払われた。業者がやってきて裏の樹木を伐採しケージを破壊していった。おじいさんはそこを貸し駐車場にするつもりだったが、どう見積もっても車がぎりぎり縦《たて》に二台停まれるくらいのスペースしかなく、早いうちに計画は頓挫した。

「さびしくなったな」

そうおじいさんは言うけれど、そのおじいさんが九年後に心臓の病で世を去ることになる日にも、わたしがあの日死闘のすえにもぎとってきたちゃぼはうちの庭で卵を一つ産んでいた。

2

煙幕《えんまく》

電車に乗ってわたしは郊外の街にやってきた。

低層マンションと庭つき一戸建てが並ぶ閑静な住宅街に、ひときわ目を引く灰色の邸宅がある。敷地を囲う分厚い塀は大人の背丈をゆうに超えまるで要塞のようだが、ところどころ扇形にくり抜かれてなかのようすがうかがえるようになっている。木戸の門にめりこんだかたちも大きさもハンペンにそっくりな石の表札には、「田宮」の二文字が深々と彫りつけられている。

呼び鈴もブザーもないこの家の住人を呼び出す方法はただ一つ、「田宮さん！　おはようございます！」こうして拳《こぶし》で木戸を叩きながら朝の挨拶を叫ぶしかない。「田宮さん！　おはようございます！」壁の穴をのぞきつつ拳で門を叩きつづけていると、バットを手にしたランニングすがたの田宮老人が三階のテラスに出てきてこちらを見下ろした。「田宮さん！　おはようございます！」一礼して顔を上げたときには、翁《おきな》は背を向けて素振りの練習を始めている。シュッ、シュッ、ひとふりするごとに田宮のおじいさんの上半身は二百七十度ねじれているように見えるがそんなことがありえるだろうか。バットをかまえるときには確かにこちらに背中を向けている。振ったあとにはその右の横顔が見える。穴越しにようすを窺《うかが》いながら拳だけは動かしつづけていると、ふいに門が開いてまだ眠そうな若奥さんの顔が現れた。

あとに続いて敷地に入ると、奥の芝生に腹をつけて寝ていたグレート・デンの老犬のみゆきとぶんたが頭をもたげて、優しい目でわたしを見つめる。わたしも見つめかえす。この家でわたしを歓迎してくれるのはあの二匹だけだ。二匹のために昨日ドラッグストアで買っておいた「シニア犬のおやつ」が、ジャケットの内ポケットでかさかさ音をたてている。

「みゆきはいま、下痢をしていて……」

若奥さんはそう呟いて、梅と松がぎっしり植わったアプローチを歩いていく。玄関ポーチには、籐椅子のうえに置かれたタータンチェックの膝掛けが半分床にずり落ちている。膝掛けを払ってそこに座ると、若奥さんは足元に散らばっているヴォーグ誌をのろのろと拾い上げた。

「便秘と下痢を繰り返してばかりなんですよ」

「下痢も便秘の一種だと、なにかで読んだことがあります」

「犬も犬なりに、うつろっていく時の流れを感じとっているのかしら……わたし最近、なんだかヘンなんです」

若奥さんは膝のうえで雑誌を広げたが、すぐに胸のところがハート形になっているエプロンのポケットに両手を入れて目を閉じてしまった。

「いつも胸が、苦しいんです。悪い夢ばかり見て、よく眠れません」

「………」

「夢のなかで、わたしはいつも交番にいるんです。わたしは巡査部長で、分厚い、ごわごわした制服を着て、警棒を持って、交番のまえに仁王立ちをして、町を見張っていて……でもそれは、わたしのむかしの恋人でもあるんです。そのひとは警察官になって、同僚の婦警さんと結婚して、いまでは三児の父だという。あのひとと結婚していたらわたしはいまごろ、お弁当作りに精を出したり、粉ミルクの瓶を消毒したり、靴下のほころびを縫っていたはずでしょう。こんなところで、朝からのんびり椅子に座っていたりはしない……。でもこうして座っていても、わたしの心はせわしない。やることが次から次へ、山のようにあって、とても一人では追いつかない……。いつもその、同僚の婦警さんのことを考えているんです。ずっと考えていると、その同僚の婦警さんというのは、やっぱりわたしのことではないかという気がしてくるんです。すると夜もおちおち眠れないのです」

「奥さん、なにか運動をされていますか？」

「運動？」

「一日十五分でもからだを動かしてみると、よく眠れますよ。ちょうどいま、在庫処分でサービス価格になっているジャズシューズがあるんです。とっても軽いんですよ。もしご興味あれば、今度サンプルをお持ちしますけれど、サイズは二十二・五で宜しかったでしょうか」

「それを履いて眠れとでも言うの？」

若奥さんは目を開けてこちらをにらみつけると、立ち上がって犬たちのところに行ってしまった。

わたしは開け放してあるドアから靴脱ぎに立ち、「ごめんください」と奥に向かって呼びかける。返事はない。この家のひとたちは、一度門をくぐった人間にたいしては本当に無頓着《むとんじゃく》なのだ。新参者にとっては門をくぐるまでが至難の業だけれども、一度入ってしまえばどうということはない。わたしはあの門をくぐるまでに八ヶ月はかかった。前任担当者は一年五ヶ月もかかった。その担当者の時代に門の鍵を開けたのはいまの若奥さんではなく、ワンレングスヘアーのモデルのような背の高い女だったそうだ。肌の色はミルクティー色で、吐く息は茹でニンジンの匂いがしたという。「あの美女は田宮老人がむかしロシアの恋人に産ませた娘だ」などとのたまっていたその担当者は、ある日突然「健康診断に行ってくる」と会社を出たきり、取引先のサルサダンス教室の講師と行方をくらませてしまった。従業員たちのあいだではいまでも昼時の語りぐさになっているのだが、わたしにはどうもそのサルサダンス講師というのが、この家に暮らしていたミルクティー色の美女であったような気がしてならない。

一向に返事がないので、靴を脱いでなかに入った。持参した市松模様のスリッパを履き、長い廊下を歩いていつも通される食堂に向かう。午前中だというのにこの薄暗さは奇妙だ。廊下の奥の食堂の扉は開いていた。誰もいなかった。八人掛けの食事テーブルには、食べちらかされた朝食が六人ぶん放置されている。しばらくその場で待ってみたものの、住人の気配はない。手持ち無沙汰《ぶさた》にわたしは持っていた鞄と紙袋を床に置き、テーブルの残飯を片付けはじめた。

「お母さんは？」

声に振り向くと、食堂の入り口にコッペパンのようなものを手にした女の子が立っている。この子はさっきの若奥さんのひとり娘で、名前はナオちゃんと言う。

「ナオちゃん、おばあちゃんはいますか」

「いるわけないじゃん」

ナオちゃんは部屋を横切り、奥にある巨大な若草色のソファに寝転がって足を背もたれに載せた。スカートが太もものところまでめくれあがってとてもお行儀が悪いが、この子もわたしの大事な顧客の一人だ。正座を習慣づけて変に脚のかたちを歪めてしまうより、ああして無造作に投げ出しているほうがバレエを踊るためにはきっと良い。この子はわたしからすでにチュチュ三着、シューズ四足、タイツ七足、ジュニア用化粧道具一式を買っている。

「ナオちゃん、このあいだの発表会はどうだった？」

少女は黙っている。パンをかじりながら、目だけはずっとこちらをにらみつけている。わたしはうつむいてテーブルの片付けを続行した。ナオちゃんは近よってきた。

「ねえ、お母さんは？」

「お母さんは、玄関のところにいました」

「なにしてた？」

「ワンちゃんたちのお世話をしているみたいです」

「わたしはパピヨンを飼いたいのに、みゆきとぶんたがいるからダメだって、お母さんが言うの」

「お年寄りのワンちゃんたちは、誰よりも大事にしてあげないといけないんですよ」

「どうして？」

「お年寄りのワンちゃんたちは、人間よりもかしこいからです」

「なんでそんなつまんないこと言うの？」

振り向くといきなりパンが飛んできた。頬を打たれたわたしはよろけてテーブルに手をついたが、そこには食べかけのスクランブルエッグの皿があった。ああ！ 思わず声をあげると、ナオちゃんはわたしの卵まみれの手を見て大笑いし、手足をめいっぱい広げてくるくる側転しながら食堂を出ていった。

すべての食器を流しに運んでしまうと、わたしは石鹼を借りて手を洗った。流しのまえの横長の窓からは、表からは隠れて見えない南側の広い庭のようすが一望できる。正面の塀の内側では、淡い黄色のモッコウバラが満開になっていた。一目見るなり、起床してからずっと沈み調子の心がいっきに華やいだ。わたしはモッコウバラが大好きなのだ。モッコウバラさえ見ていれば人間の心根は腐らない。モッコウバラが咲くことによって、この国の春は地獄を見ないですんでいる。どれほど小さくてもいいから、いつか庭つきの一軒家を持てないものだろうか。そんな家が手に入ったら、わたしはその庭を囲う塀一面にモッコウバラを這わせて夢のように立派に咲かせてみせる。

松やら梅やらおめでたい樹木が茂る表側の庭と違って、この広い裏庭にはモッコウバラのほか目立つ樹木はなにもなかった。バラの前景には青々とした芝生が広がるばかりだが、塀と家とのちょうど中間くらいの位置に、ミニバン一台がすっぽり入りそうなほどの穴が掘られている。あそこには冬のうちだけ水を入れるのだと、まえに田宮老人がふるえる指をさして話していた。魚を放ち水面を凍らせて、穴釣りをするそうだ。魚を釣り終えたあとはもっと丈夫に凍らせて、ナオちゃんにスケートを滑らせるのだという。その穴のなかにはいま、鉄パイプ製の折り畳み椅子が重なっている。

「そこにパンが落ちてましたけど」

　気づくと隣にぶんたさんが立っている。このひとは田宮夫妻の息子か甥《おい》のどちらかだが、このぶんたさんの名に由来して名づけられたのが犬のぶんたなのか、あるいはその逆なのか、それとも一つ屋根のしたに同名の犬と人間が暮らしているのはただの偶然にすぎないのだろうか？

「おいしそうだから、洗って食べちゃおうかな」

　ぶんたさんはポロシャツがはりついた丸いおなかを揺らしながらイシシ、と笑って蛇口《じゃぐち》に手を伸ばし、流れ出した水のしたにパンをさらした。

「そのパンは、さっきナオちゃんが食べていました」

「ナオちゃんか。あの子は生意気なんだ」

「奥さまはいらっしゃいますか」

「いるよ、たぶん」

「お約束があるのですが……」

「呼んでこいっていうの？」

「ええ、あの……」

「僕の靴下は持ってきてくれた？」

わたしはテーブルの足元に置いた鞄を持ち上げ、ぎゅうぎゅうにつまった色刷りカタログのすきまに靴下を探した。左端にパンチで穴を開け、ドレス、シューズ、レオタード、アクセサリー、舞台用メイク道具、ハット、ヘアーウィッグ、補整下着、種別ごとに黒い紐でくくった分厚いカタログはつねにこの鞄のなかに備えてある。そこに載っているダンス用品を売り歩くのがいまのわたしの仕事だ。前回の訪問でぶんたさんに持ってくると約束したランニング用靴下は、オーガニックコットンを使った三千六百円の高級靴下だった。昨晩オフィスで確かに入れたと思ったのに、結局靴下は見つからなかった。

「申し訳ありません。近いうちに、必ずお持ちしますので」

「頼むよ、ぼく、この春こそはダイエットを始めるんだから、次は必ず持ってきてくれよ」

去っていくぶんたさんのうしろのポケットに、薄茶色の警棒のようなものが刺さっている。いや違う、あれは警棒ではなくさっき拾って洗ったコッペパンだ、思い直した瞬間ナオちゃんが廊下から滑りこんできて叫んだ。

「火事だ！」

げんこつをふりあげて襲いかかってくるナオちゃんを、わたしは鞄で防御する。

「ナオちゃんどうしたの、火事なの？」

「火事だよ！」

「本当に？　どこが？」

「おじいちゃんの部屋だよ！　はやく、いますぐおまわりさんを呼んできてよ！」

「火事のときにはおまわりさんじゃなくて、消防士さんを呼ぶんですよ。でもそのまえに、本当に火が出てるか確かめなくっちゃあ」

「バカ！　そんなことしてるあいだにみんな死んじゃうってば！」

「え、でも……」

「バカ！　はやくして！」

わたしは食堂を出て二階に続く階段を上っていこうとした。そこにまたナオちゃんが駆けこんできて、車輪のように手足を広げて通せんぼをする。

「はやくおまわりさんを呼んできてよ！　走っていったらすぐだから、走っていってよ！」

「火事じゃないのにおまわりさんを呼んできたら、怒られちゃいますよ」

「怒られるのがいやだからって、あたしたちを皆殺しにするの？　はやく、はやく行ってきてよ！」

ナオちゃんは急に腰を低くするとつぎつぎ張り手を繰り出して、あっというまにわたしを靴脱ぎまですっころがしてしまった。それから誰かのビーチサンダルをわたしの足にはめると、そのまま丸太を扱うように玄関ポーチに押し出した。籐椅子に若奥さんのすがたは見えない。犬たちのすがたもない。

「はやく、呼んできて！」

押し出されるまま、気づけばわたしは手ぶらで門の外に立っていた。このまま帰ってしまいたいところだけれども、足元はビーチサンダル、ジャケットのポケットには犬の餌しか入れていない人間が、交番以外のどこに行けるだろう。

交番のまえには胸板の厚い若い警官が立っていた。なかに一人、もうすこし年のいった同じ格好の男が座っていて、机にかがみこんでなにやら熱心に書きつけている。

「すみません、つかぬことを伺いますが」

立っていた警官は「ハイ」と無愛想な顔をわたしに向けた。

「近くの家で火事がありまして、すぐにおまわりさんを呼んでこいと言われまして。一緒に来てもらえないでしょうか」

「火事？」

「大事《おおごと》ではないようなんですけど……家のひとが、火事だと言って聞かなくて。一緒に来て見てもらえませんでしょうか」

「あなたはなんなの？　近所のひと？」

「わたしは出入りの業者です」

「なんてうち？」

「二丁目の田宮さんのおうちです。ここから走れば、二分くらいの、すぐ近くで……」

「あ、あの大きいおうちね」

警官はなかのもう一人に声をかけると、胸をはり颯爽《さっそう》とした足取りでパトロールを開始した。慌ててその横に並んだところ、警官は市民と横一列に並んで歩くことを好まないようで、ただちにわたしの進路をふさいで縦一列での移動を強《し》いた。

田宮邸まで続くおよそ四分間の道中、住宅街の狭い路地で二台の乗用車と宅配トラックとすれちがった。警官のすぐうしろを歩くわたしはとてもリラックスしていた。パトロール中の警官と歩く市民が事故に遭ったというニュースは一度も聞いたことがない。このまま関門海峡まで歩こうがドナウ河畔まで歩こうが、おまわりさんと歩いているかぎりわたしは決して車に轢かれる心配はない。

テレビをつけ、インターネットのニュースサイトを開けば、またたく間に世界じゅうの自然災害、殺人、強盗、テロ事件の詳細が目に飛び込んでくる。どのニュースも悲惨で理不尽で直視するのがつらい。とりわけわたしの身を凍りつかせるのは交通事故のニュースだった。わたしはむかしからとても不注意な人間で、自転車に乗るとついつい考えごとにふけってしまい、前方ではなくハンドルの中央のあたりを見ていたのでよく側溝に落ちた。ごく普通に歩いているつもりでも、頻繁に車からクラクションを鳴らされた。街中の交番で「昨日の交通事故　死亡0」のパネルを見るたび、ほっと息をつかずにはいられない。

生きづらい人生だけれど、この高度に発達した交通網の時代に生を享《う》けたからには、せいぜい前後左右の安全確認を欠かさず、目のまえの道を歩んでいくしかない。

田宮家まで戻ってくると、門の鍵は閉まっていた。とはいえわたしがここで本物の警官と立っているのを目にすれば、あの狼少女もせいぜい満足するだろう。「ナオちゃん？」門越しに呼びかけようとして仰天した。母屋の奥の庭のほうから本当に灰色の煙が上がっているではないか。

隣の警官は足を止めて腕組みしたまま、無線をかけるなどの気配はまるでない。ただしかつめらしく口元をもぞもぞさせて、煙を眺めているばかりだ。

「家のなかには五人くらい、住人がいるはずなんですけど……」

塀の扇形の穴からなかをのぞくと、母屋の奥から老犬二匹がよろよろと並んで出てくる。

「みゆき、ぶんた」

穴から腕を伸ばして手招きすると、おぼつかない足取りながらこちらへ向かってきてくれた。

「みゆき、ぶんた、門の鍵を開けてください」

するとそれまで黙っていた警官がこちらを向いて、とても感じの悪い微笑みを浮かべた。犬が鍵を開けられるわけがないと思っているのだ。みゆきとぶんたの活躍を待たずに警官は勢いをつけて門に飛びつくと、ハッ、ハッ、とあえぎながらうえまでよじのぼって向こうがわに飛びおり、なかから鍵を開けてみせた。

「そんなサンダルじゃあ無理でしょうね」

不本意ながら、開けられた門から庭に入った。その気になればわたしだって門の一つや二つよじのぼれないわけではない。ただここはわたしの顧客の家だ、顧客の家の門は勝手によじのぼるべきものではなく、丁寧にへりくだってお願いをして、犬だろうが猫だろうが、その家に暮らすものの手でわざわざ開けてもらうべきものなのだ。

門の向こうではみゆきとぶんたがおすわりをして待っていた。わたしはジャケットのポケットから「シニア犬のおやつ」を取り出して、袋をやぶり、二匹に与えた。彼らはよだれをたらしながら、鶏ササミのスナックをかじりはじめた。わたしはしゃがんで二匹の背中を撫でまわした。

振り向くと、いつのまにか警官がポーチの籐椅子のまえに立っている。籐椅子には若奥さんが座っている。立った警官を若奥さんは見上げている。極端なくらいに顎をうえにそらし、相手の口から落ちてくることばを顔じゅうにあびようとしているようだ。ひょっとして、あの感じの悪い警官が若奥さんのむかしの恋人なのだろうか？　ということはさっきのうわごとのような話はすべて現実の話だったのだろうか、ナオちゃんはそれを知っていて、母親のためにわたしにあの男を呼ばせたのだろうか……。

わたしは犬たちの背中を抱きかかえて、見つめあう二人を見守った。すると突然、胴を青いホースでぐるぐる巻きにした少女が松の木のうしろから現れた。あっと声をあげる間もなく、ナオちゃんは手に持ったホースの口から二人に向かって勢いよく水を噴射した。

「こら、よしなさい！」

警官は手を振り上げいかった肩をさらにいからせて、ナオちゃんに近づいていく。いっぽう置き去りにされた若奥さんは熱烈な接吻を受けたあとのように、首筋をあらわにして椅子のうえでぐったりしている。

ナオちゃんはすこしも怖じ気《おけ》づくことなく正面からホースの水を浴びせているが、それをやめさせようとする警官の背中にまた別の水のビームが突き刺さった。新たなホースを手にしているのは、ベランダで素振りをしていたはずの田宮老人だった。

「ああ、しまった」

老人はあわててホースの先端をひねり、シャワー状になった水をつつじの植えこみに向ける。ナオちゃんはヨーデルのような喜びの声をあげ、ホースを捨てて家の裏に駆けていった。そういえば忘れていた、奥からは煙が上がっているのだ。

「野焼きは禁止されていますよ！」

びしょぬれになった警官は叫びながら少女のあとを追いかけていく。

「蛇口の水を止めてください」

おじいさんが振り向いて言うので、わたしは犬たちから離れて蛇口の水を止めにいった。

ホースを離した田宮老人は細い腰に手を当てて、無言で奥からのぼる灰色の煙を眺めている。ランニングシャツから伸びる腕は青白く、首にもすねにも骨のかたちと血管が浮かび上がり、火がついても燃えにくそうなからだだった。しばらくそうして煙を眺めていたあと、老人はおもむろにポーチにたてかけてあったバットを手にすると、静かに家のなかに入っていった。すると入れちがいにサングラスをかけたぶんたさんが出てきて、わたしの隣に立った。

「なんだかさっきから、さわがしいな」

「奥から煙が上がってるんですよ」

灰色の煙は空の色を透かしながら三階建ての田宮邸の屋根の高さまでフワフワと昇っていく。火事だったらきっとあんな煙の立ちかたはしない。きっとナオちゃんがそのへんに落ちていた枯れ枝かなにかを燃やして遊んでいるのだろう。

枯れ枝かなにか……と思ったところで、脳裏にこのうえなく不吉な映像が浮かんだ。まさかあの子は、モッコウバラに火をつけてはいないだろうか？　いや、どんな野蛮な不良幼女だって、モッコウバラの美のまえではすっかり毒気を抜かれてしまうはずだ。あの花はあらゆる厄災を免れてしかるべき唯一の花だ。とはいえ不安は募る一方だった。あのコットンキャンディーのような淡い黄色のポンポン形の花は、田宮老人のからだとは違って確かに燃えやすそうなのだ。見れば見るほど、燃やしたくなる花なのだ。

「あんた、ばあさんがなかで待ってるよ」

いつのまにか、ぶんたさんが真正面に立っていた。靴も靴下も履いておらず、濡れた芝のうえでびちゃびちゃ足踏みしている。つぶれた餅のような足の甲に、抜けた芝生が二、三本くっついている。

わたしは再び家のなかに入った。激しい動悸《どうき》がしていたけれど、仕事をしなくてはいけなかった。商売道具の入った鞄と紙袋は、食堂の床のうえに転がったままだ。中身のカタログが半分ほどはみでている。

「ばあさんが、寸法を確かめたいと申しております」

背後から近づいてきたのはまたしても田宮老人だった。さっきの放水ですこし冷えてしまったのか、ランニングのうえに黄土色のカーディガンを重ね着し、バットは持っていない。

「あなたさまの寸法は、ばあさんの寸法と、だいたい同じだそうですな」

「え？　はあ……」

「ドレスを着てみせてほしいと、申しております」

「あの、奥さまがドレスを試着されるとのことで、本日お持ちしているんですが……」

「あれはいま、腰をやってしまって、起きあがるのも一苦労なんですよ。しかしせっかく持ってきてくださったんですから、ぜひにと申すんです。用意ができたら、二階の奥の部屋に行ってみせてやってください」

田宮老人は食堂を出ていった。

わたしは紙袋の中身をソファのうえに広げた。前回持ってきたカタログのなかで、奥さんが「これがいい」と指定したエメラルドグリーンのロングドレスだ。奥さんは次の社交ダンスパーティーで、これを着て踊るつもりなのだ。ドレスの胸元全面は緑と銀のスパンコールでびっしり覆われており、肩ひもは一本、裾《すそ》にはふとももまで露《あら》わになる深いスリットが入っている。とても大胆なデザインだ。しかしなにより問題なのは、これをいまからわたしが着てみせなくてはいけないということだ。さらに問題なのは、このドレスはアメリカサイズの4、そしてわたしの体型はアメリカサイズでいえば8だということだ。

いったいあの小柄な奥さんは、どこをどう見誤って、自分とわたしの寸法が同じだなどという錯覚を起こしたのだろう。出会ったばかりのころ、あなたのような骨太体型がうらやましいとためいきをついたことだってあったではないか。あるいは田宮のおじいさんのでたらめだろうか。わたしの骨太なからだをこのぺらぺらの小さなドレスに押しこめて、冥土の土産にじっくり眺めてみたいとでもいうのだろうか。しかしわたしは着た。それがわたしの仕事だから、いまこの場所で唯一なすべき仕事だから着た。こういう経験がまったくなかったわけではない。急に着せたがりになるお客さんは、めったにいないがまれにはいる。

ドレスを着たわたしは階段を上っていった。とはいえどうしても、庭のモッコウバラのことが気になった。いまではおそらく、そこで四人の人間と二匹の犬がなにかしているはずなのに、庭は静まり返ったまま、さっきからなんの声も音も聞こえてこない。踊り場には鏡があった。鏡に映ったわたしは驚くほど間が抜けていた。ドレスはとてもきつそうだった。胸元のスパンコールは輝きを失い、死んだ恐竜の肌からむしりとってきたかのようだ。エメラルドグリーンは骨太な女には似合わない。この発見はいつかなにかの役に立つかもしれないけれど、いまはわたしを失望させるだけだった。失望どころではない、ほとんど絶望的な立ちすがただ。

階上でバンとドアが開く音がした。そこから下りてくる風に混じって、苦い煙の匂いが鼻先をかすめる。

わたしは階段を駆け下りて玄関から外に出た。煙はすでに消えていた。それでも不吉な予感は消えなかった。ドレスの裾を持ち上げ、裏の庭に向かって走った。

「ヘンなドレス！」

顔をゆがめたナオちゃんが、庭の真んなかでわたしを指差し笑っている。その背景には淡い黄色が広がっていた。ああ良かった、モッコウバラは燃えていなかった！

ナオちゃんは一人で穴のふちに腰をかけている。なかに重なっていたはずの折り畳み椅子はどこにも見当たらず、まわりには黒く炭化した棒切れが何本か転がっている。

「ナオちゃん、なにを燃やしたの？」

「おまわりさん！」

ナオちゃんは立ち上がって、ピルエットで一回くるっとまわってみせた。

わたしは穴をのぞきこんだ。

ナオちゃんはまた大声をあげて笑いながら、穴のまわりをくるくる側転しはじめた。

3 スーパースター

ホームのスタンドでひったくるようにあんパン二つを購入すると、わたしは閉まりかけていた電車のドアに身を翻《ひるがえ》して駆け込んだ。

オフィスでの会議はちょうど十二時に始まる。どんな理由があろうと遅刻は厳禁だ。

各駅停車の上り電車はすいていた。同じ車両には大学生らしき若者、銀の杖を持った老人、セーラー服の女子高生、眼鏡をかけた中年の女、それから子どもが、六つある七人掛けシートの真んなかにそれぞれ一人ずつ微妙に位置をずらして座っている。

しばし車内を見渡してから、わたしはまず子どもを警戒した。子どもは黄色い通学帽をかぶり水色のポロシャツにブルージーンズを穿《は》いているが、男児とも女児ともすぐには判別しがたい。背丈からしてせいぜい六、七歳といったところだろうか、付き添いの大人もないのにきょろきょろせず落ち着いていて、行儀よく手を膝のうえに揃えているのがおぼろげに恐怖を誘う……都会へ来ていちばん驚いたのは、このくらいの子どもが平気な顔をして一人で電車に乗っていることだ。欲望に二本脚を生やしただけの魑魅魍魎《ちみもうりょう》があちこちに跋扈《ばっこ》するこの大都会で、子どもたちはなぜあれほど落ち着いていられるのだろう。落ち着いているどころか、子どもたちは小さなハート形の顔ににやにやと不敵な笑みをたたえてさえいるようだ。誘拐されることが怖くないのだろうか？　不審人物にからだをすりよせられることは？　ラッシュに巻き込まれて窒息しそうになることは？……見ていると不安でたまらなくなってくる。どうにかして危険から守ってあげたいけれど、不安の奥底にあるわたしの魂の忌まわしい部分を彼らに暴かれ、嘲笑されるのが怖い。むやみに子どもたちに近よってはならない。子どもたちはそっとしておかなくてはいけない。いつでも彼らの目論《もくろ》むとおりの場所にまっすぐ向かっていってもらわなくてはならない。

電車は早くも次の駅に到着した。新たな乗客は現れなかった。わたしは眼鏡の女の向かいの誰も座っていないシートを選び、真んなかではなく端に座った。

静かだった。五人の乗客たちは新参者のわたしには目もくれず、それぞれ自分の向かいの窓をぼんやり眺めている。鞄から取り出した本が手を滑り、ばさりと車両の床に落ちた。すると五人の視線が一挙にその本の表紙に集まった。『モッコウバラにしめられて』。週末、市民図書館で借りてきた本だった。車内に一抹の不穏な空気が漂った。わたしはあわてて本を拾い上げ、視線から逃れるようにうつむいてページを開く。

本は図書館の園芸書コーナーに置かれていた。カバーに描かれた満開のモッコウバラの絵に惹かれて手に取ったのだ。ところが帰宅して一ページ目を開いたとたん、期待は裏切られた。ページを繰れば繰るほど、腹立たしさは増していった。それはまったくモッコウバラとは関係のない、荒唐無稽なロマンス小説だったのだ。なぜこんな本が園芸書コーナーに置いてあったのかわからない。わたしはただ、モッコウバラの美しさを讃えたり、切り花のアレンジや害虫駆除の注意点を教えてくれる文章を読みたかっただけなのに……憤りながら、しかしわたしは次第にそのロマンス小説に魅せられていった。

『モッコウバラにしめられて』の女主人公は売れない小説家で、郵便局で切手売りのアルバイトをしながら日々小説を書いている。しかし書いても書いても編集者には受け入れられず、どんづまりの状況に一念発起して、地元のサッカーチームに入団することを決める。ヤングアダルト層を狙って、サッカーを題材にした青春小説を書くつもりなのだ。しかし小説家はそこで思わぬ才能を現し、みるみるうちにエースストライカーの座に上りつめ、腱鞘炎《けんしょうえん》を患いがちだったその腕にキャプテンマークを巻くまでになる。やるきのない監督に見切りをつけ自ら監督業をも買ってでた彼女は、強力なリーダーシップを発揮して就職浪人中の女子大生や運動不足の主婦ばかりで構成された弱小チームをなでしこリーグ二部昇格に導く。彼女はいつしか伊鍋《いなべ》（これが彼女の暮らす架空の街の名前だ）のスーパースターと呼ばれはじめ、最初は地方紙や学生新聞の取材ばかりだったのが、とうとう全国区の民放テレビ番組までもが伊鍋の町営グラウンドに押し寄せるようになり、一躍時の人として有名になる。草の根サッカー界のレジェンドとして名を馳《は》せた彼女にさらなる転機が訪れる。協会からの推薦で、ヨーロッパサッカー界の名将ジョゼ・モウリーニョを表敬訪問するという希代《きたい》の栄誉にあずかるのだ。ロンドンの小さなティーハウスで、彼女はジョゼと会う。二人はすぐに恋に落ちる。リッツホテルのベッドで寝息を立てているジョゼを見つめながら、彼女は彼がベンチに立つときに着用するカシミヤのコートやジャージー、これまでに指揮をとったチームのマフラーを裸体にまとって幸福に浸る。しかしジョゼには帰る家がある。そこにはリスボンの体育教師時代に知りあった妻と、なまいき盛りのティーンエイジャーの子どもたちが待っている。二人きりでベッドに横たわっているとき、五十の坂を越えたばかりの彼はほとんど老人に見えた。起きているときには見えない皺《しわ》が顔じゅうを覆い、ベンチサイドで見せる精悍《せいかん》な表情をふちどる白い髪は枕と一体化して呼吸のたびに波うち、血管の浮き出た腕で膝を抱え背中を丸めて眠るすがたはからからに乾いた大きな松ぼっくりのようだ。こんなにも孤独で弱々しい男が、世界じゅうから崇《あが》められ、絶え間なく攻撃にさらされ、それでも不遜《ふそん》な態度でピッチに立ちつづけるあのスペシャル・ワンだとは信じがたかった。二人の住む世界はあまりに違いすぎた。傷心の彼女はFC伊鍋のユニフォームを脱いで、そのままヨーロッパを放浪する旅に出る。そして次にブダペストで出会ったのがピアニストのヴァルガだ。ヴァルガはドナウ河畔にある場末のレストランで「暗い日曜日」を弾いていた。彼女はやがて屋台の揚げパン売りに雇われ、レストランの二階の狭苦しい一室でヴァルガと共に暮らすようになる。一つしかない真四角の小さな窓からは、ドナウ河の悠久の流れが見下ろせた。その暗い水面を眺めながら、夜な夜な彼女はロンドンで過ごした輝かしい日々を思い出しては涙に暮れた。そこに突然、光輝くジョゼが現れる。カシミヤのコートの襟を立てて、ぴかぴかの黒いレザーの手袋をはめて、彼はドアの向こうに立っている。チャンピオンズリーグのプレーオフがあって遠征してきたのだが、きみに会うために抜け出してきた、ドアを開けるなり、そうジョゼは言った。彼女は彼のためにコーヒーを淹《い》れ、二人はテーブル越しに黙って見つめあう。そこにヴァルガが仕事から帰ってくる。ヴァルガは夢の世界から抜け出してきたような偉大な監督にただ圧倒されるばかりで、彼が自分の女に横恋慕しかけていることなどにはまったく思い至らない、それどころか着ているTシャツをひっぱって執拗にサインをねだる、感激のあまり、その日稼いできたわずかばかりのチップもすべて黒手袋の前に差し出してしまう。ぬるくなったコーヒーを一口だけ飲むと、ジョゼは時計を見て立ち上がり、彼女に試合のチケットを渡して言った。「試合が終わったらAの45番ゲートで待っていてくれ。それから二人で、おれの故郷に帰ろう」

読了したここまでのページは、まだぜんたいの四分の一にも達していなかった。展開があまりにも早く、めまぐるしく、一ページ読むごとに疾風にあおられているようで疲弊した。しかしこの現実にはありえそうもない恋物語は、わたしを激しく魅了した。もはや首ったけといってもいい。

電車が目的の駅に着くまで、あと二十分はかかるはずだった。ページを繰る指が自然と急《せ》いた。


彼が用意したのはスポンサーや選手の家族たちが陣取る関係者席ではなくて、酔っぱらった地元の男たちがくだを巻き、選手がシュートを失敗するたびに下品な怒号が飛び交うピッチからはるか上方の席だった。わたしは荒れ狂う男たちのなかで小さくなって、テクニカルエリアを行ったり来たりする豆粒ほどのジョゼのすがたを見つめていた。ジョゼがベンチに入って視界から消えてしまうと、家に残してきたヴァルガのすがたがすこしだけ頭に浮かんだ。ヴァルガもここにいたらよかったのに。でもそう考えるのは偽善だ。彼はいまごろジョゼのサイン入りのTシャツを着て、レストランのウェイターたちに見せびらかしているだろう。おいおい、信じられるか？　帰ったら家にモウがいて、おれのマグカップでコーヒーを飲んでるなんてな！

男たちがひときわ大きな歓声を上げた。ゴール近くで団子になってボールを奪いあう選手たちのなかから、ふいにボールが無人地帯に弾かれたのだ。すかさず青いユニフォームを着た9番の選手が反対側のゴールに向かって華麗なドリブルを始めた。久々に訪れたゴールチャンスにスタジアムじゅうが沸くなか、巨大スクリーンに映しだされたわたしの愛する人だけが静かに苦渋の表情を浮かべていた。あの人が、あの人がもうすぐわたしをここから連れ去る。わたしのすべてを奪う。わたしは幸福の絶頂で我を忘れた。9番の選手はゴールキーパーの真正面で半身をわずかにひねり、そしてその足が後ろに振り上げられて、

「その本はおもしろいですか?」

はっとして顔を上げると、さっきまで向かいのシートに座っていた眼鏡の女がすぐ隣に座っている。

「その本はおもしろいですか?」

女は口元に静かな笑みをたたえているが、眼鏡の奥の目は笑っていない。

「ええ……」

わたしは閉じた本の表紙に視線を落とした。

「本当に?」

「はあ……」

「その著者のファンなんですか?」

「え? あ、いえ、図書館でたまたま見つけただけで……」

「ええ、図書館のラベルが貼ってありますものね」

わたしは気づかれない程度に距離をとろうとさりげなく尻をずらし、シートの端の細長い壁にからだを寄せた。さっきは行儀の良い子どもだけに気をとられてすっかり油断していたけれど、この女のすがたもどこか異様だ。化粧っ気のない顔は青白く、洗濯しすぎた布巾のように清潔だけれどもくたびれている。長い髪は輪ゴムで一つに束ねてあり、着ている花柄のムームーワンピースは皺だらけだった。襟元がやけに広く開いているものの、すぐしたの胸のふくらみは乏しく、もしかしたら下着はつけていないかもしれない。

わたしは誰にともなくすこしだけ微笑んで、さらに壁にぴったりからだを押しつけた。だけども女は離れたぶんだけ近づいてきた。

「さっきから、とっても熱心に読んでいらっしゃるようだから、気になってしまって。どうしてわざわざ、その本を選んだんですか？　図書館にはほかにたくさん、本があるのに」

「はあ、それは……」

わたしは再び本の表紙に目をおろした。『モッコウバラにしめられて』。わたしはこのタイトルに惹かれたのだった。わたしはモッコウバラについて読みたかった。それだけの理由だ！　隣の女は眉《まゆ》をひそめてじっとタイトルに見入っている。ひょっとして、このタイトルには手に取った瞬間に気づいてしかるべき特別な意味、それも通りすがりのひとの眉さえこうしてひそめさせるような、卑猥《ひわい》な意味が含まれているのだろうか？　モッコウバラの表層の美を通り越し、自分が無意識のうちにその暗喩《あんゆ》に惹かれているのだとしたら、わたしは不安だった。

「素敵なタイトルですよね」

女はわたしの沈黙を気にも留めずに続けた。

「いまちょうど、季節ですものね。わたし、春になってあの黄色い花がぱあっと咲いているのを目にすると、とても嬉しくなるんですよ」

「この本は、園芸書コーナーに置いてあったんです」

低い声で呟くと、女は「まあ」と言ったきり絶句した。

「てっきり、モッコウバラの誘引や剪定のことなんかが書いてあるのかと思ったんです。わたしはいつか、どんなに狭くてもいいから土地を買って、自分の家を建てて、塀いっぱいにモッコウバラを這わせることが夢なんです。ですから、そのときのために、予習をするつもりで……」

「………」

「でも、読んでみたらこれは園芸書ではなくて、架空の、作り話、つまりフィクションだったんです。モッコウバラとも関係がありません。売れない女小説家が突然サッカー選手になって、ロンドンで外国人の監督と出会って、その……」

「二人は恋に落ちるんでしょう」

「ええ……」

「それから？」

「それから、二人はいったん別れます。彼女はブダペストに行って、ピアニストと一緒に暮らしはじめて、そこに彼が彼女を追いかけてきて……」

電車が駅に到着した。ドアが開いたけれど、ホームに待っている客はいなかった。入りこんで来た空気はどことなくオレンジの香りがした。車中のほかの四人はわたしたちの会話にはまるでおかまいなしに、それぞれ窓の外を見つめている。

「……それであなたは、その本をおもしろいと思って読んでいるんですか？」

電車が動き出すと、女は再び口を開いた。

「ええ、まあ……」

「どこかどう、おもしろいんですか？　いまのお話を聞いたかぎりだと、ちっともおもしろさが伝わってきません。お願いですから、その本のおもしろいところをもうすこし詳しく教えてくれませんか」

「そう言われても……」

「だってあなた、もう四分の一も読んでいるじゃないですか。どうしてそんなにでたらめな話を熱心に読みつづけていられるんですか？　そもそもどうして小説家がいきなりサッカー選手になるんですか？　冷静に考えて、そんなことありえないでしょう」

「そう言われても……そういうものなのだろうと思って読んでいたものですから……」

「あなたはきっと、信じやすいたちなんでしょう。普段から、ひとにだまされることが多いんじゃないですか?」

「そんなことはありません」

「でも書いてあることなら、なんでも信じてしまうというわけですか」

「なんでも信じるわけではありませんけど……」

「それじゃああなた、その売れない小説家とやらがサッカー選手になって、外国人の監督に出会うそうだけれど、一般人がその世界的に有名な監督と出会って一目で恋に落ちるなんて、そんなことが現実にありえると思いますか?」

「現実にはないと思いますけど、それも書いてあることですから……」

「呆れた。あなたはいまどきめずらしい、ピュアなかたですね」

わたしはいよいよ不愉快になってきて、向かいのシートの逆側の端に移動した。女もついてきた。隣の七人掛けシートに座っていた帽子の子どもが、突如おびえた表情を浮かべてこちらを向いた。子どもの向かいには銀色の杖の老人が座っている。八の字に広げた両脚の中央に杖を突き立て、尖った顎をぐっとそらして正面の窓を見据えている。その向こうにいたはずの女子高生と大学生は、いつ降りていったのか、はたまた隣の車両に移動したのか、気づけばすがたを消している。

わたしは目を上げて、細長い電光掲示板の上に貼ってある路線図に目を走らせた。オフイスの最寄り駅まであと三つだった。貴重な自由時間をこれ以上無駄にはしたくない。一刻も早く一人の世界に閉じこもって、小説の続きを読みたい。こうしてぼやぼやしているあいだにも、禁断の恋に燃えあがる二人はわたしの手の届かないところに逃げていってしまいそうだ。それは困る。わたしを楽しませずに二人が行ってしまうことだけは許せない。二人の最大の恋敵はヴァルガでも奥さんでも道徳でもなくこのわたしだ。行動する読者として覚醒したわたしは、今度こそ女を振り切り車両を移動しようと腰を浮かしかけた。すると女がジャケットの裾をむんずと摑んで言った。

「その本を書いたのはわたしなんですよ」

わたしはシートに座り直し、改めて相手の顔をまじまじと見つめた。すると女は急に相《そう》好《ごう》を崩し、歯を見せて微笑んだ。

「まあ、わたしの書いたことはそのまま信じてしまうのに、目のまえにいるわたしの言ったことは信じられないというわけですか。活字の力は偉大です」

「この本、あなたが書いたんですか？　それ、本当ですか？」

「本当です。ただし証拠はありません。免許証なら持っていますけど、本に書いてあるのはペンネームですから、わたしの本名を知ったところでどうしようもないでしょう。でもいちおう、見てみますか？」

女はムームーのポケットに手を突っ込みかけたけれど、わたしは黙って首を横に振った。

「さっきはおかしな質問をしてごめんなさい。なにしろ、電車のなかでその本を読んでいるひとを見たのははじめてでしたから……それにあなたが、本当に夢中になって読んでくださっているようで……。その本に書いてあることは、みな知っています。それはそうです、だってわたしが書いたんですから。でもブダペストで会う男の名前はヴァルガではなくてヴェッケだったはずです」

「いいえ、ヴェッケではなくてヴァルガです」

「違います、ヴェッケです」

「でも、そう書いてあります」

「ついでに言えば、ヴェッケの職業はピアニストではなくてアコーディオン奏者ですし、ジョゼがブダペストに来るのはチャンピオンズリーグのプレーオフではなくて、ブダペスト・ホンヴェードFCとの親善試合のためです」

「いえいえ、違います、だってここに書いてあります、ほら……」

わたしはページを繰って、正しい記述を著者に示してやろうとした。すると突然、彼女が悲鳴をあげてわたしの手から本を奪った。

「これを書いたのはわたしなんですよ！」

隣のシートでこちらを見ていた子どもが、走って反対側の優先席へ逃れた。

「わたしの小説をわたしから奪わないでください」

「わたしはあのとき、Aの45番ゲートには行かなかった。突然怖じ気づいてしまったんです。それともそう書いてしまったから、わたしはあのゲートに行けなかったのかしら？」

言うなり、今度は手で顔を覆って、女はしくしく泣き出した。

「それから長い時間が経って日本に帰ってきたとき……わたしは一文無しで、見る影もなくやせてしまって……すっかり若さを失って……髪は膝のあたりまで伸びていた……ぜんぶここに書いてあります」

途切れ途切れにそう言うと、女は図書館のラベルが貼られた本をぎゅっと抱きしめ、胸元のすきまからムームーのなかに入れてしまった。

「きょうび、わたしが伊鍋のスーパースターだったことは誰も知らない」

涙をぬぐいながら、彼女は遠くを見つめて言った。

「でもね、いまでもジョゼは、テレビからわたしに向かってサインを送ってくれるんです。むかし、ロンドンでのあの輝かしい日々のさなか、わたしは彼に言ったんです。試合中もずっとあなたの近くにいられたらいいのにって。あなたのチームには入れないけれど、フォース・オフィシャルくらいにはなれるかしらって。フォース・オフィシャルっていうのは第四審判のこと、つまりいつもピッチの真んなかあたりに立っていて、選手交代のときに掲示板を掲げていたりするひとのことです。するとジョゼは約束してくれたんです、こ

「あの、でも……」

れから第四審判に話しかけるときには、いつも君のことを思うよって、君だと思って話しかけることにするよって」

「………」

「いまでもテレビで、試合中第四審判につめよっている彼を見ると、涙が出てくるんです。どうして君は来なかった？　どうして君は僕を信じなかった？……ええ、ジョゼはいまでもわたしを責めているんです」

目的の駅まではあと二駅だった。

「もうすぐ降りますので、本を返してもらえますか？」

勇気をふるってそう切り出すと、女ははっとして、ムームーのなかの本を守るようにかたく両腕を胸のまえで組んだ。

「わたしはこの本を書いたことを後悔しているんです。書いているときには、書くことで、あのひとのそばにいられるような気持ちがしていた。でも違った。わたしはまるきり反対のことをしていた。わたしと彼がいま、こうして離ればなれでいるのはその本のせいです。書いてしまったのがいけなかったんです。そのうえあなたのような厚顔《こうがん》無恥《むち》な他人の目にさらされて、あなたがたのありあまる時間と下世話な好奇心に一文字一文字を書き換えられて、彼はどんどん遠ざかっていくばかりです。わたしもわたしの大切なジョゼも、この本のなかでにせもののことばかりに挟まれて、血肉も涙もすべて吸い取られて……いまではひもののようにすっかりぺっちゃんこになってしまった！」

本は彼女の胸元で花柄の布地に四角い形を浮き上がらせており、いまにもその平べったい肉のなかに埋もれていってしまいそうだった。が、あの恋する二人がこれから向かうべきはジョゼの故郷の港町セトゥーバルであって、間違ってもいま、二人をそんなところに埋没させるわけにはいかないのだ。

「その本は、図書館で借りた本なんです。あと十日くらいで、返却しないといけないんです。いちおう、延長という手段もありますけど……」

「そう気づいてから、わたしは全国の本屋さんをまわって、この本を回収することにしたんです。ただどこに行っても、わたしの本は本屋さんには置かれていません」

「………」

「でも、あなたに聞いてよかった。この本は、きっと園芸書だと思われていたのでしょう。今度から園芸書のコーナーを探すことにします」

「あの、でもその本は、わたしが買った本ではなくて、図書館で借りた本ですので、期限内に返さないといけなくて……」

電車のドアが開いた。助けを求めて優先席の子どもに視線を送ると、子どもはわたしと目を合わせずに電車を降り、一目散にホームの階段を駆けあがっていった。老人はまだ、窓の外を見ていた。銀色の杖は床に落ちていた。目的の駅まであと一駅だった。もう時間がない。

「あなたはさっきから、なにやらおかしなことをおっしゃってますが」

ドアが閉まると覚悟を決めて、わたしは真正面から女を見据えた。

「あなたが本当にこの本の著者だとして、いくら本を回収したところで、書いてしまったことはもうどうしようもないではありませんか」

「まあ」女は口を開けて、再び絶句した。

「書かれたものを一人だけのものにしておきたいだなんて、傲慢《ごうまん》です」

「そういうあなたこそ傲慢です。書かれたものはすべて読む権利があると思っているんですか？」

「思いますとも。あなたこそ、書いたものを批評する権利は自分にしかないと思ってるんですか？」

「書物は語るだけで答えはしません。沈黙はつねに善き読者の最善の行いです」

「こんなめちゃくちゃな話を読まされて、誰が黙っていられると思うんですか？　それにもう一つ言わせてもらえば、わたしはモッコウバラのことが読みたかったのに、こんなタイトルは激しく誤解を招きます」

「このタイトルの意味は、わたしとジョゼだけが知っています。あなたはその秘密さえ、奪おうというのですか？」

「さあさあ、早く本を返してください。わたしは続きが読みたいんです。書いたあなたの話が聞きたいのではないんです。もしあなたとあなたの恋人がひものになってこの本の最後に挟まっていたら、封筒に入れて出版社に送って差し上げます」

女は青ざめて立ち上がった。ムームーのしたから本がぽろりと床に落ちた。わたしはかがんでそれを拾うと、表紙を軽く払って胸に抱えた。

電車のドアが開いた。足早にホームに降りたところで、向こうから乗り込もうとしてきた若いサラリーマンと肩がぶつかる。サラリーマンの手には、モッコウバラの表紙の本が握られていた。わたしの手にも同じ本が握られているのに気づいて、彼は恥ずかしそうに微笑んだ。微笑み返すことはできなかった。閉まったドア越しに振り返ると、サラリーマンの手元を見つめる女の顔は輝いている。わたしが知らなかっただけで、あの女はあれでけっこうな売れっ子作家なのだろうか？

会議が始まる十二時まであと数分だった。

恋人たちは手と手を取りあってセトゥーバルに向かう。わたしは混みあうホームで誰かの足を踏み、その足に踏みつけられながら、改札階につながる階段を目指して脇目もふらずに進んでいく。

4 恋愛虫

「みなさんに」と、部長は言った。「わかっていてもらいたいことがあります」

陽の差し込まない半地下のオフィス。各自のデスクでめいめいに昼食を始めようとしていたわたしたちは、話者の声音《こわね》の変化に気づいて手を止めた。

「大切なものは目に見えない、と言ったのは星の王子さまですが、昨今の長引く不況と不安定な世界情勢の影響でこんにちの日本では目に見えるタイプの、つまり純粋に楽しみのための楽しみはますます敬遠される傾向にあります。一寸先は闇、なにが起こるかしれないおのれの未来のために、あるいは大切な子どもたちの未来のために、我々は汗水たらしてせっせと働きいつかの未来の安穏のために全身全霊を捧げているわけです。しかしいま、わたしは声を大にして言いたい。大切なものは目に見えない？　いえ、見えます。みなさん、さあ高く顔を上げてください」

わたしたちはいっせいに顔を上げた。

「わたしはなにも、そこにある資料の数字のことを言っているのではありませんよ」

あ、ぐはっ、ぐはは、ぐはははは……むせこみながらひとしきり笑うと、部長はさらに声たからかにスピーチを続けた。

「ここでわたしが言う大切なものとは、美、美と健康のことです。美しいものは一目見たら必ず美しいとわかります、健康なひとは一目で健康だとわかります。そして健康的な美しさは必ず自然と調和する。当然です、なぜならからだこそはわたしたちのもっとも身近な自然なのですから。そのからだを使ってより大きな自然とつながること、それが踊りです。踊り、ダンスとは、古来より遥かな自然にたいする祈り、感謝と求愛と祝福の行為、あるいは儀式や呪術の一部でありました。ところがこの悩ましい現代において、ひとびとはからだをないがしろにし目に見えない精神性ばかりを追求して、その追求の過程そのものに慰《なぐさ》めを見いだしている。しかしそんな辛気《しんき》くさい魂にはからだのほうで愛想をつかします。からだが思考への隷属から解放され、それじたいが持つエネルギーのみを根拠に躍動するとき、つまりある人間が舞踊するとき、そこにはもっとも力強く素朴な救済があるのです。そして一生けんめいに踊る人間は、徹頭徹尾、完璧に美しい。手抜きでボレロを踊るシルヴィ・ギエムより、わたしが魂をこめて踊る花笠《はながさ》音頭のほうが、きっとあなたがたの心を打つはずでしょう」

部長の長話があった日には絶対虫が出る。数年前、入社したばかりのわたしにそう耳打ちしたのはベテラン社員の富士さんだった。その富士さんはいま、わたしの隣でサラダうどんを一生けんめいに無音ですすろうとしている。

ふだんから物静かな部長は会議中でもめったに口を開かない。開いたとしても、社員の報告の合間にほんのすこしねぎらいか遺憾《いかん》の意を表すコメントを述べるだけだった。ところがどういうバイオリズムによるのか、年に数度はそのコメントの途中でおもむろに立ち上がり、かように情感たっぷりの熱弁をふるう。そして古株社員の言い伝えは本当だった。部長が長話をした日には、必ずオフィスに虫が出た。出る虫はだいたいゴキブリかクモだったけれど、一度だけコピー機の手差しトレイにバッタが出たことがある。部長が話しているあいだオフィスのほぼ全員がその場でじっと仮死状態になるのを、虫たちがなにか勘違いするのだろうか。富士さんはきっと気圧の関係だと言っている。

「自身のからだと他人のからだを軽んじるひとは、同時に四十億年の生命の歴史を軽んじていることに気づいていません。そういう哀しいひとたちの集まりが互いに銃口を向けあって、結局はこの地球を破壊するわけです。だからみなさん、いま、自分がしている仕事を誇りに思ってください。あなたがたはただ靴やドレスやレオタードを売っているのではなく、靴やドレスやレオタードで、ひとびとを悪《あ》しき諍《いさか》いや肉体を忘れた頭でっかち族の害毒から守るバリケードを築いているのです。わたしたちは、この仕事において強く結束しましょう！」

わたしは振り返って、窓側に展示してある舞踏用ドレスとレオタードと靴箱の山を見た。万が一ここが〝頭でっかち族〟の武装戦闘員に囲まれたばあい、あれはバリケードになってくれるだろうか？　窓から銃口を向けられれば、逃げ場のないわたしたちはいともたやすく一網打尽にされそうだった。通りに面したビルの半地下にある、売り場も兼ねたこの十五畳ほどのオフィスの窓は壁の上方にある。横長の窓の外には、通りを行き交う人々の足元だけが見える。「足が良いひとはひとも良い」「ひとの足元はさりげなく見ろ」というのが、めったにオフィスに現れないワンマン社長の口癖だった。でもあの窓から手榴弾でも投げ込まれたら、アリの巣にいるようなわたしたちはいちころだ。出入り口に外から鍵をかけて水攻めにすることだってできるし、毒ガスや練炭を仕込むことだってできるだろう……。

物騒な考えが止まらないのは、おそらくわたしが空腹なせいだった。お腹がすいた。机のうえに未開封のまま置いてある二つのあんパンを、どちらか一つだけでいいから早く食べたい。月に一度、十二時ちょうどに始まるオフィスでの会議は食事をしながら各自の報告を聞くことが許されている。とはいえ部長の長話が始まったときだけは例外だった。さっきからうどんを静かにすすろうとしては失敗している富士さんは、勤続二十年の古株社員だった。あのような豪胆は二十年という長い歳月をかけて培われるものなのだから、六年働いただけのわたしがあんパンの袋を開けもしないのは当然だ。同じく勤続十年に満たない経理の松平さん、セールスの譚《たん》さん、在庫管理の伊吹さんもまた、手をつけられない昼食をまえに仮死状態となっている。静止している彼らはぜんたいに灰色がかって、デスクやパソコンと同等のオフィスの備品のようだった。昆虫の擬態《ぎたい》と同じようなものだろうか。

「それから今日は、レイチェルさんが来ますから」

やぶから棒に部長は言った。その一言で社員たちはたちまち灰色の擬態を破り、いきいきとした人間の顔を取り戻した。わたしたちはそれぞれ「レイチェル」と呟き、久しく耳にしていなかったその名の響きに色めきたった。

「部長、レイチェルって、あのレイちゃんですか」と、富士さん。

「そう、あのレイちゃんです」

「まあ驚いた。レイちゃん、いつから日本に来てるんですか」

「一週間くらいまえに来たそうだよ。すぐに訪ねてこられなかったのは、盲腸になったからだそうだ」

「盲腸なら、わたしも小学四年のときになったことがありますよ」湯気のあがらないカップみそ汁にようやく口をつけた伊吹さんが言う。「あれはほんとにものすごい激痛でねえ、夜中に救急車で運ばれて、いきなり手術台に乗せられて、もうビックリ。部分麻酔がかかってからも、ずっと泣き叫んでたんだから。レイちゃんもよりによって外国でかわいそうに。入院したのかしら？」

「そうらしいよ」部長が答えると、「レイちゃん、保険とか、入ってたんですかね」また富士さんが口を挟む。「入院費、すごく高かったんじゃないかしら」

「レイチェルのことだから、きっとちゃんと保険に入ってますよ」と、そばをすすりながら譚さん。「ほら、高校生だったとき、高尾山登山で一度ふくらはぎを毒虫に刺されて、病院に見せにいったでしょう。レイチェルは失敗から学べる子ですよ」

「毒虫に盲腸か。レイチェルは日本でいろいろ冒険しているね」破顔する部長。

ふふふ、あはは、レイチェルの話題になって、オフィスの雰囲気はにわかに明るくなった。わたしは意気揚々とあんパンの袋を二つ開け、そのうちの一つにかぶりついた。レイチェルの溌剌《はつらつ》とした笑顔がなつかしい。レイチェルに会えると思うと心が弾む。「レイチェルが」と声に出すだけでも嬉しい。

「レイちゃん、社長の家に泊まってるんですか？」

聞いた経理の松平さんは、かつてレイチェルにご執心だった。

「いや、わたしも今朝ここに電話が来てはじめて知ったんだがね……」部長は頭をかいて言う。「退院したばかりだそうで、詳しい話は聞かなかった。とにかく、今日の夕方の便で発つそうだ。出発まですこし時間があるから、久々にここに顔を出すと言っていたよ」

レイチェルがはじめてオフィスを訪れたのはちょうど六年まえ、わたしがこのダンス用品会社に勤めはじめたころだった。

レイチェルは当時十七歳、ペンシルベニア州からやってきた交換留学生で、社長の家に一年間のホームステイ中だった。五歳から始めたタップダンスが得意な彼女は、日本で新しいタップシューズを買おうと社長に連れられてこのオフィスにやってきた。すらりと背が高く、広い肩幅に丈夫そうな足腰、巻き毛の長い金髪に碧眼《へきがん》、日に焼けた頰にはぱらぱらとそばかすが浮き、そんな彼女を一目見るなりわたしたちの誰もが「ものすごいアメリカ美人が来た」と激しく動揺した。

それからレイチェルは一人でもふらりとオフィスを訪れるようになり、社員のまねをしてお茶を淹れたり靴箱の整理を手伝ったりするなどして、年じゅうじめじめとして陰鬱《いんうつ》なこのオフィスにペンシルベニアの爽やかな風を運んだ。たどたどしい日本語でなにかとわたしたちを元気づけてくれる彼女のことを、皆が「レイちゃん」「レイちゃん」と気にかけるようになり、留学期間が終わって帰国の挨拶に訪れたときには、半地下にあるオフィスが社員の悲しみでさらに数センチほど沈むようだった。「また来ます。シーユー！」手を振って出ていったレイチェルのあとを一人追いかけていった経理の松平さんは、十分後に半泣きにも半笑いにも見える顔で帰ってきた。以来、松平さんは痩せて髪が薄くなり、全体的にプレス機で圧縮されたような印象になってしまったけれど、いまでも英会話スクールにだけは通いつづけている。

レイチェルはアメリカで結婚した。毎年クリスマスには、オフィスに必ずカードを送ってよこした。レイチェルはソーシャルワーカーになった。ソーシャルワーカーという仕事がどういうものだか、わたしたちのうち一人もわかっていない。レイチェルは夫の仕事の都合でアーカンソー州のホープ市に住んでいる。その市はビル・クリントンが生まれた市だという。その家で彼女は犬を一匹と猫を二匹飼っている。夫とはカレッジで知りあった。去年は乗馬に挑戦した。妹が教会のワーシップリーダーになった。隣の牧場でかわいい仔牛が生まれた……。

がちゃりとオフィスのドアが開いて、わたしたちはいっせいにそちらを向いた。しかしそこに立っていたのは金髪碧眼のわたしたちが愛してやまないアメリカ美人ではなく、ダークグレーのスーツを着た小柄な中年男性だった。社員たちがわたしを見つめた。オフィスでの接客は、もっとも社歴の浅い社員の担当だからだ。

「いらっしゃいませ」

食べかけのあんパンをデスクに残して、わたしはオフィスと売り場を仕切るカウンターに立つ。

「なにか、お探しのものがありましたら……」

男性は店内のダンス用品には目もくれず、控えめな笑顔を浮かべたまままっすぐカウンターに近づいてくる。なかなか趣味の良い、黒ぶちのウェリントン型眼鏡をかけている。

スラックスの折り目は正しく、手には黒い書類鞄を持ち、靴はすり傷一つなくきれいに磨いてあった。客ではなくどこかのメーカーの担当者かもしれなかった。男はカウンター越しに顔を寄せて小声で言った。

「レイチェル・ホーネットさんがこちらにいらしていますね」

途端にこの男の問答無用な感じの良さ、清潔感があって人畜無害《じんちくむがい》な感じが、たまらなく不吉ななにかに変わった。この男はきっと良からぬことを口にする、直感したわたしはぐっと踏みとどまって、邪念をはねかえそうと男の目を至近距離から直視した。しかし微笑みを浮かべている男の目には表情がなかった。死神がいるとしたら、このような男に違いなかった。

助けを求めるつもりで背後のオフィスを振り返ると、さっきまで熱弁をふるっていた部長はパソコンのモニターのうしろで背中を丸め、おにぎりをかじっている。他の社員たちは客の手前、食事を中断してキーボードに手を広げ、いちおうは仕事をしているふうを装っている。こういう見慣れたオフィスの卑屈な風景が、わたしを多少は落ち着かせた。

「レイチェルさんは、いませんけど」

咳払いをして言うと、男は「本当に？」と笑顔のまま念を押す。

「ええ、レイチェルさんはまだ来ていません」

「まだ？　ということは、もうじき来るということですか？」

来ます、と告げることを拒んでいるのはわたしの本能だった。それはその……言いよんでいるあいだも、男はしつこく「来るんですか？　来ないんですか？」と質問を続ける。背後でシュッと椅子を引く音がした。

「レイチェルさんがどうしたって？」

横に立ったのは、かつて彼女に懸想《けそう》していた松平さんだった。

「いえ、わたくし、レイチェルさんにちょっとした用事があるものですから……」

男はうすら笑いを浮かべながら答える。

「用事ってなんですか？」

「それは個人的なことでして……」

「彼女とはどういうご関係で？」

「いえ、知人のようなものです」

「だったら彼女に直接連絡をお取りになれば宜しいんじゃないですか」

「それがどうしても、連絡が取れないもので」

普段は陰気な顔で唇をすぼめ伝票を繰ったりブツブツ数字を指差し確認している松平さんが、この不審者のまえではこんなにも立派で堂々とした態度をとれている、そのことにわたしは心を打たれた。レイチェルに恋していたころの若々しく精悍な松平さんが戻ってきた。あの恋はまだ終わっていなかったのかもしれない。彼がいまでも独身を貫いているのもそのせいなのかもしれない。

「レイチェルはここに来ませんよ」

大声がして振り向くと、そこには松平さん以上に勇ましい、仁王立ちの富士さんのすがたがあった。

「レイチェルは、もうアメリカに帰りましたよ」

わたしは驚いて富士さんの横顔を見つめた。いったいなにを言い出すんだろう？　しかし男はそれほど驚いたようすはなく、富士さんと正面からにらみあっている。

「そんなはずはない。彼女は今日のデルタ航空便に乗るはずですから」

「そんなことは知りませんよ」

「そうでたらめをおっしゃられると、わたくしも困ってしまいます。わたくし、こういうものです」

男はポケットから銀色の名刺入れを出し、一枚をカウンターに載せてみせた。

メルセンヌ探偵事務所
佐伯博己

「お宅、探偵さんですか」

富士さんが声をあげると、「探偵だって?」いよいよ部長が立ち上がってカウンターに近づいてくる。部長は名刺を手に取り、眼鏡をはずした細目でしげしげと文字を眺めた。

「ほほう、探偵さんか」

「探偵さんなんて、わたし、はじめて会いましたよ」

「僕もです」

「わたしも」

譚さんと伊吹さんも立ち上がって、探偵の名刺を順番に手に取る。名刺は裏返されたり軽く曲げられてみたり二人の気の済むまであらためられた挙げ句、探偵のほうに向けてカウンターに戻された。

「それであなた、なぜレイチェルさんを捜しているんですか」部長がわたしたちを代表して探偵に聞く。「レイチェルさんになにかあったんですか?」

「アメリカの家族から、調査の依頼を受けたんです」

「いやだ、アメリカからわざわざ?」富士さんは顔をしかめる。「どうしてよ? 家族って旦那さんのことでしょ? レイちゃんと旦那さん、なにかあったのかしら?」

「これ以上は詳しく言えませんが、レイチェルさんは、必ず今日のデルタ便で無事に帰国していただかないと困るんですよ。わたくしの役目は彼女と会って、空港まで付き添いをして飛行機に乗せること、それだけです」

やはりレイチェルになにか起こったのだ、そう思うといてもたってもいられなくなったけれど、本人がここにいない以上探偵の話を丸ごと信じるわけにもいかない。滞在先に行かずわざわざこのオフィスにやってきたということは、探偵も滞在先を知らないか、知っていても行けない事情があるということなのだろう。どちらにせよ、こんな死神のような男にはレイチェルのレの字も委ねる気にならない。富士さんがさきほど「レイチェルはアメリカに帰った」と大嘘をついたのは、いかにも賢い判断に思えた。わたしたちは大切なレイチェルをこの怪しい探偵から守るため、社員一丸となってその嘘のもとに結託することを無言の視線で理解しあった。

「とりあえず、わたくしはここで待たせていただきますよ」

これ以上の話しあいは不毛だと判断したのか、探偵は試し履き用に備えてある淡いピンク色のサテンのスツールに腰掛けて、書類鞄を胸に抱える。

「ちょっとちょっとあなた、それは困りますよ」伊吹さんが花柄のアームカバーで覆われた腕を振り回し、どしどし足音を立てて男に近づいた。「それはお客さま用の椅子なんですからね」

「そうですよ、待っていても、レイチェルは来ませんよ。残念ですけど、ほかを当たってください」カウンターから譚さんも加勢する。

「いえ、待たせていただきます」

「レイチェルはもう帰ったんです」今度は松平さんがカウンターから進み出る。その顔は、愛しいひとの盾となるべく我が身を捧げる勇者の喜びに満ちあふれている。

「ここにいても時間のむだですよ、いくら待ったって、レイチェルは来ませんから」

「レイチェルになにがあったか、あなたたちは心配ではないんですか！」

突然ドスをきかせた男の声に、一同はすくみあがった。

「彼女が盲腸で入院されたことは、みなさんご存じですね。しかし退院の日から、彼女はすべての連絡を絶ちました。アメリカの夫君はたいへん心配していますが、事情があって、日本の警察に公に捜査をしてもらうことは不可能なのです。そこでわたくしが雇われた事情はまたこみいった話なのですが、とにかく今朝、彼女の携帯電話からこのオフィスに発信があったことは事実です。電話を受けたのはどなたですか」

「それはわたしです」部長が小さく手を挙げて、一歩まえに出る。「まだ誰も出社していない時間でした。オフィスにはわたし一人しかいませんでした」

「彼女はなんて？」

「いま、アメリカの空港に着いたという電話でした」

「いやいや、そんなことはないでしょう。彼女はここに来ると言ったはずです」

「いえ、そんなことは言いません。彼女はアメリカに帰ったんですよ。もうとっくに、家に着いているんじゃないかな」

「いやいや、そんなはずはありませんよ。なんならここでアーカンソーの自宅に電話をしてみたっていい。夫君は毎日心労のために発狂しかけています」

「まあ、頼りない旦那ね。レイちゃん、そんな旦那さんがいやで日本に逃げてきたんじゃないかしら！」言いながら、富士さんは大袈裟に頭を抱えた。「きっとそうよ、レイちゃんの結婚はなんだか早すぎるようにわたし思ったのよ」

「僕も、旦那が怪しいと思う」松平さんもここぞとばかりに声を張る。「レイちゃんは、気まぐれに黙ってどこかに行ってしまうような子ではありません。まじめで、いつもまわりのことを気づかってくれる優しい子です。レイちゃんはきっと、アメリカの家には帰りたくなくて、日本のどこかを逃げ回っているんだ。もしかして、暴力をふるわれたりしてるんじゃないかな？」

「そうよ、きっとそうよ、わたしたち、レイちゃんを逃がしてあげなくっちゃあ！」

「まあまあ、二人とも落ち着いて」

手を叩いて富士さんと松平さんを黙らせた部長は、淡いパープル色のスツールをひきよせて探偵のまえに座った。

「レイチェルさんがいま、どこにいるのか、わたしたちは本当に知りません。しかしただ一つ、いつまで待ってもここには来ないということだけは断言できる。それでもあなたがどうしても時間をむだにして、来ないひとをいつまでも待ちたいというのなら、我々は喜んでそのスツールを貸しましょう。ただし弊社の営業時間は十八時までですから、十八時になったら、スツールは残してあなたには退出してもらいます」

「ああそうですか、それはご親切に。だったらお言葉に甘えて待たせていただきますよ」

そう言うと、探偵はスツールをひきずって窓のすぐしたに据えた。

「ここの窓はいいですね、通るひとの足がよく見えて。わたくし、レイチェルの足のかたちはしっかり頭に叩き込んでありますよ」

ジャケットを脱ぎ、片足だけあぐらを組むようにサテンのスツールに座り直した探偵は、最初の印象よりも十歳は年老いて見えた。角度のせいなのか急に額に横皺が増え、カウンターで対面していたときには見えなかった白髪《しらが》まで生えてきたようだ。部長の言いかたを借りるなら、美だけではなく老いもまた、はっきり目に見えるものらしかった。

「さあみなさん、業務に戻ろう。会議の途中だった気がするが、昼食をすませてないひとは昼食をすませて、仕事の続きに取りかかろう」

部長がまた手を叩いたので、わたしたちは釈然としないままオフィスのそれぞれの席に戻った。

社員全員でずいぶんと見得を切ったものだが、もしなにも知らないレイチェルが来店するまえに男があきらめて帰らなかったら、これはいったいどういう展開になるのだろう？　レイチェルに危機を知らせたいけれど、わたしはレイチェルの電話番号を知らなかった。

こういうことが現実に起こり得るからこそ、やはり気になるひとの連絡先は恥ずかしがらずに聞いておくべきものなのだ。

売り場に残された探偵は一人、ドレスや靴箱に囲まれて窓を見上げている。富士さんと松平さんはデスクからいまいましげにその背中をにらみつづけていた。わたしはひとまずあんパンの続きを食べてから、今後の展開についてとくと想いをめぐらすことにした。それに次のアポイントに遅刻しないよう、一時までには食事を終わらせ、歯磨きをしてここを出なくてはならない。が、気づけばもう十二時五十七分なのだ。

夢中で咀嚼《そしゃく》を続けてようやく最後の一口を飲みこみかけたとき、部長がいきなりデスクにドンと手を突き立ち上がって叫んだ。

「これでもう、すべて終わりだっ！」

オフィスの全員が、絶句して部長を見つめた。

「レイチェルはもう、どこにもいないっ！」

探偵もまた、立ち上がって部長を見つめている。部長は静かに男のまえに歩み出て、その肩に手を置いて言った。

「きみ、レイチェルはたったいま、一時ちょうどの便でこの国を発ったよ。行き先はわたしも知らない」

すると探偵も部長の肩を摑みかえして言った。

「そんな嘘に僕は騙されませんよ。彼女は必ずここに来るはずだ。あなたに会うために」

「いや、彼女は来ない。わたしは彼女の近くにいることより、彼女の自由を望んだのだから」

二人は静かに見つめあった。そして肩を摑みあいながら、ずるずるとスツールに崩れ落ちて泣き出した。残されたわたしたちは啞然として、ひと目もはばからず慟哭《どうこく》する中年男たちを見守るほかなかった。しばらくすると松平さんがすっくと立ち上がって叫んだ。

「部長、これはいったいどういうことなんですか！」

部長は答えなかった。松平さんはカウンターを出て、二人に近寄った。残りの一同も立ち上がって彼のあとを追った。わたしたちに取りかこまれながら、部長と探偵は肩を組んで泣きつづけた。

「部長……泣かないでください」

松平さんがそっとその背中に手をかけると、部長は涙を手でぬぐい、まだ顔を上げられずにいる相棒の肩をさする。

「このひとは、探偵なんかじゃない……アメリカから来たレイチェルの旦那さんだよ」

ええっ、社員一同は驚きの声をあげる。

「レイチェル、日本人と結婚したんですか？」伊吹さんは鼻の穴を膨らませている。

「わたしは両親共にアメリカ生まれのアメリカ人です」

泣いていた男が顔を上げて言った。そしてわたしたちの誰ひとりとして聞き取れない、高等英語でなにか呟いた。どうやら神を呪っているらしかった。しかしそれとまったく同じことばを、わたしはかつてレイチェルの口から聞いたことがあった。六年まえのいつか、伊吹さんが作ってきたおにぎりを一口かじったレイチェルは、うしろを向いて砂利でも吐き出すようにそのことばをさっともらした。誰もいないと思っただろうに、うしろにはこのわたしが立っていた。目が合った瞬間、彼女はなんともいえない表情を浮かべ、わたしは首を傾げて曖昧《あいまい》な微笑みで応えた。レイチェルはすぐ皆のほうに向き直って、「おいしーおいしー」と連発しながらおにぎりを食べきった。そのうしろすがたをわたしは感動に打ちひしがれて見つめていた。レイチェルがわたしのまえで神を呪った！　神にも社員たちにも隠れて、わたしだけのまえで。そしてそんなレイチェルが帰り際もじもじと気まずそうに近づいてきて、耳元でこっそり「おかかはにがてです」と教えてくれたとき、一つの幸せが絶頂に達した。

「彼女は必ず……今日の便で彼と一緒にアメリカに帰ると約束した」再び嗚咽《おえつ》を漏らしはじめた部長は、あえぎあえぎことばを続ける。「でもそれは、レイチェルの望みではなかった……う……彼女はずっとわたしのところにいた……彼女のからだがすぐわたしの近くにあった……目で見て手でふれられる本物の健康美がそこにあった！　この輝きのためならば、わたしは、わたしは、なにもかもを失っても良いと思った……一生に一度でもそんな気持ちになれたのだからわたしは幸福な男だ」

「なるほど、そういうことでしたか、いや、そういわれてみれば」腕組みをした譚さんが、したり顔に首肯する。

「わ、わたしは彼女を幸福にしたかった……盗聴されているのを承知で、彼女は今朝、ここに来ると電話をかけた。つまり二人で彼を罠《わな》にかけたんだ……わたしの仕事は、レイチェルが確実に一人で出国できるよう、本当の出発時間まで彼をここに引き止めておくことだった……きみたちにいっさいの情報を与えずにおくという方法もあったが、教えておけば、きっとレイチェルのために彼と言い争って、時間を稼いでくれるだろうと思ってね……しかし、こんなみっともない結果になってすまない……わたしもこの年で、こんなことになるとは思わなかったものだから」

　そこまで言うと、部長はうつむいていっそう激しくむせび泣いた。

「レイチェルは、夫のことはもう愛していないと言っていた！　この世でわたしが愛することができたのは、自分自身とあなただけだと彼女は言った！」

「そんなことなら、おれだって言われたさ！」

　捨てられた夫は顔を真っ赤にして叫ぶ。

「その言葉なら、僕も六年前に聞きました」

　反対に顔面蒼白の松平さんは、二人の背中に手を当てたまま力なくその場にしゃがみこんだ。その頬にもまた、涙が一筋流れていた。

「そしたら盲腸のことも嘘だったんですか？」

伊吹さんが聞いたとき、泣き濡れる三人の男の頭上を小さな灰色の影が横切った。

「あっ、蛾《が》だわ、蛾が出た！」

どこからか現れた灰色の蛾は、ぎこちなく羽根を動かしながら出口を求めてオフィスの低い天井に何度もぶつかった。

残された男たちはじっとその蛾を見つめていた。

「逃がしてあげよう、逃がしてあげよう……」

念仏のように唱えながら、富士さんはうちわを手に取り哀れな蛾を窓際に追いやりはじめる。

アポイントの時間が迫っていた。

わたしは口のなかの湿ったかたまりをむりやり飲みこみ、歯磨きセットを鞄に入れて無言でオフィスを出ていった。逃がしてあげよう、逃がしてあげよう……わたしたちの愛を振り払ってレイチェルは逃げる。アジアを横切り中東を通過しアフリカ大陸の端の端まで、月の裏まで、銀河の果てまで、本当に一人きりになれるまで、シーユー！　彼女はどこまでも逃げていく。

5　わたしの家族

昼下がりの地下通路は薄暗く、低い天井のしたを行き交う人々は一様に背中を丸め、首をうなだれ、半分影に包まれていた。端を流れる細い水路からはかすかに悪臭が漂い、ところどころに設置された鉢植えの観葉植物は黒々と葉を茂らせていた。

わたしは午後のアポイントに遅れつつあった。寝不足で昼休憩もろくに取れなかったものだから、あせっているくせ頭はぼんやりしている。

幽霊のような通行人たちに混じって先を急ぐうち、ボックス型の巨大な清掃マシーンが通路の真んなかに現れた。立方体につぶれた円柱を積んだような形状の本体のしたで、毛足の長い青いモップが四方に広がり高速で回転している。円柱部分の運転席からは係員の後頭部がのぞき、モップとおそろいの色をしたキャップは天井すれすれの位置にある。縦だけでなく横にも大きいこの機械のせいで、人々は両側を一列になって通り抜けなければならない。通路にはすでにゆるやかな渋滞が発生していた。それは仕方のないことだが、耐えがたいのは機械から大音量で流れる「通りゃんせ」のメロディーだ。

まえに見かけたときには確か「峠の我が家」が流れていた。白昼に「通りゃんせ」のメロディーを耳にすると、わたしは必ず強い不安に襲われる……特にこんな陰気な地下通路では。「『通りゃんせ』ではなく『峠の我が家』をかけてくれませんか？」マシーンに飛びつきうしろから肩を叩いてそう頼めば、運転手は音楽を変えてくれるだろうか。「『峠の我が家』をかけてください」運転手がまごつくようなら耳元に口を寄せて歌ってみせてもいい。ところが困ったことに気づいた、いざ歌いだそうとしてみても肝心の「峠の我が家」のメロディーがすこしも思い出せないのだ。ようやく思い出した、これだ、というメロディーを頭のなかで歌いはじめると、それはやはり「通りゃんせ」になってしまう。同じことを四、五回繰り返して諦めた。そもそもいま、あの清掃マシーンから流れているこのメロディーは本当に「通りゃんせ」なのだろうか。頭に取り憑いて離れないこのメロディーこそが「峠の我が家」だったりすることはないだろうか。あるいは実のところ、「通りゃんせ」のなかに「峠の我が家」が巧みに隠されているということもありはしないだろうか？……

疑いながらも決して歩みを止めないわたしは、とある衣料品問屋の倉庫に向かっている。

さっきから商会のロゴ入り紙袋の角が一歩踏み出すたびにすねに当たって不快でしかたない。紙袋は皺をつけないようフンワリ畳んだ赤いマタドール風タキシードとカルメン風ロングドレスでぱんぱんに膨らんでいた。経緯を思い出すと苦々しい気持ちになる。ちょっとした油断から、納品直後の商品チェックを怠ったのがいけなかった。受注先のフラメンコ教室に出向いて試着をお願いしたところではじめて看過できない欠陥（襟の変形、飾りボタンの欠損、上がらないファスナー、動くと落下する羽根飾り）が発見され、その場に気まずいムードが漂った。問屋に電話をかけて至急に返品交換を要求したところ、担当者は「うちではきちんと検品済みのものしか納品しません」の一点張りで、強気な態度を崩さない。こちらが下手に出ているうちに態度を軟化させたものの、替えの品を商会まで送ってほしいという要求は最後まではねつけられた。「そういうことでしたらご足労ですが倉庫までおいでいただいて、ご自身の目でしっかりお確かめのうえ、納得のいくものをお持ちになったらどうですか」まるで氷塊と会話しているようだった。とはいえふだんは陽気で善意にあふれる彼女をそんなつれない女にさせたのはこのわたしなのだから、お言葉に甘えていそいそと出かけていくしかない。

指定された下町の倉庫にはまた別の担当者が待機しているらしい。時間厳守だと電話口で何度も念を押されていたけれど、この調子では間違いなく遅刻だろう。

清掃マシーンの両側に伸びる列の最後尾に連なろうとしたところ、一面ポケットだらけのチョッキを着た力士体型の男に横からぐいと押しのけられた。そのはずみで衣装の入った紙袋が手を離れ、脇の水路のうえに落ちる。取り上げて袋の底の水気を切っているうち、列は二倍の長さになっていた。改めて最後尾に並び直してみたけれど、清掃マシーンは通路の遥か向こうに遠のいている。それでいてあのメロディーだけは同じ音量で聞こえてくるのだ。

もはや「通りゃんせ」にも「峠の我が家」にも聞こえなくなってしまったメロディーに煽《あお》られるがまま、わたしは胸に募る不安をじっと耐え忍んだ。耳をふさぐ代わりに目を閉じると不安はますます増大した。寝不足で昼休憩もろくにとれなかったからこんなことになるのだ。最高に地味でみじめでみすぼらしいひとときだったけれど、いつか人生の最後になにかを思い出すとしたら、このようなひとときこそがわたしの人生を総括するひとときとしてもっともふさわしいのかもしれない。

　通りゃんせ　通りゃんせ
　ここはどこの細道じゃ
　天神さまの細道じゃ

歌声に目を開けると、すぐ隣で髪の長い幼女が紙袋のふちに手をかけ中身をのぞきこんでいた。

ちっと通して　下しゃんせ
御用のないもの　通しゃせぬ

幼女の歌声に導かれて、自然とわたしの唇からも歌が流れ出した。

この子の七つの　お祝いに
お札を納めに　まいります

歌ってみればなんということもない、それは確かにあの「通りゃんせ」だった！

わたしは嬉しさで胸がいっぱいになり、いよいよ紙袋のなかに両手を突っこみはじめた幼女を止めもしなかった。人生の最後になにか一つだけ思い出せるのだとしたら、今日のこの子の歌声のように、なにか底抜けに優しく懐かしいものがいい。

「こらこらこら、やめなさい」

大きな浅黒い手が小さな手を摑み、紙袋から引き離した。次の瞬間には幼女のからだがすっと宙に浮き上がり、長い髪の毛がクジャクの羽根のように緑に輝きながら広がった。髪の毛はぜんたいに規則正しいウェーブがかかっていたけれど、したにいくにつれウェーブがきつくなり毛先数センチメートルが不自然にまっすぐだった。風呂上がりの濡れた髪をきつく三つ編みにしてそのまま眠って朝ほどくと、こういうウェーブができる。昨晩、風呂上がりのこの子は誰に髪を編んでもらったのか、それともこの子自身が編んだのだろうか？

幼女を抱きかかえているのはカーキ色のTシャツを着た長身の男だった。ひとの良さそうな大きな口のまわりに無精髭《ひげ》をはやし、ぱっちりとした目に骨太のがっしりとした体格で、見るひとが見れば往年のアクションスターのようだ。抱かれた幼女は腕をまっすぐ伸ばし、手のひらで天井にタッチした。天井にはかわいらしい小さな手形がついた。男はそれを見て片手を離し、同じように天井に腕を伸ばして手形をつけた。

気づけばわたしは書類鞄からタオルハンカチを取り出し、汚れた二人の手を拭いてやっていた。

「ありがとう」

きれいになった子どもの手でべたべた顔を触られながら、男はわたしに微笑んだ。目尻に鶏足のかたちの皺が寄り、白い八重歯がのぞいた。

「この子は今度の十一月でもう五歳なんですよ」

幼女は父親の顔に触れるのをやめ、今度は首根っこにぎゅっとしがみつく。ピンク色のビーチサンダルを履いた小さな足が、ワンピースの裾からぶらぶら揺れている。父親は「苦しいよ」と顔を赤くして抱擁《ほうよう》を解こうとしたけれど、口元がにやけている。

二人の手を拭いたタオルでわたしは額の汗をぬぐった。

「パパ、このひとじゃない？」

わざとらしい大声で父親に耳打ちすると、幼女ははじめてわたしにまっすぐ顔を向けた。見事な富士額にふっさりとした眉毛が雲のようにたなびき、こちらをじっと見つめる薄茶色の瞳に恐怖をそそるものはなにもない。その目をのぞきこんでいるうち、心のなかで絶えずわたしを押さえつけている分厚い岩盤状の緊張が粉砂糖のようななにかに変わってほろほろと崩れていった。

「うん。パパもそう思うよ」

「じゃあパパ、お願いしてごらん」

「いや、ユキがお願いして」

ユキと呼ばれた幼女はこちらに向かってためらいなく両腕を伸ばした。わたしはすぐさま書類鞄と紙袋から手を離し、丁寧に父親の腕から彼女を抱きとった。ユキはさっき父親にしたのと同じようにわたしの首にしがみつき、耳元でささやいた。

「お願い……ユキたちのママになってくれる？」

「なります」

人生最良の瞬間はこうして訪れた。

ユキはますます強くわたしの首にしがみつき、「ありがとう」とささやいた。

いつでもその心づもりはしていたが、こんなかたちで人生を一変させるチャンスが訪れるとは予想だにしていなかった。運命がさかさにめくれあがっていくようなこの瞬間……そのときが訪れたなら絶対に見過ごしようもなくはっきりわかるはずだと信じていたし、そのためにすべてを手放す覚悟ができていた。だからあきらめないで！　わたしは過去の弱気な自分に向かって声なき声で叫んだ。

「そういうことなら話は早い」

パパは通路の書類鞄と紙袋を拾い上げると、列を離れて反対方向に歩きだす。わたしはユキを抱いたままそのうしろに従う。清掃マシーンの電子音楽はまだ通路じゅうに響いていたけれど、どこか耳ざわりが違う。なにが違うのか。もしかして調か。そうだ調だ、今度の調はさっきとは打って変わって陽光のように明るく楽しく、優しい思いやりにあふれる調なのだ。

「パパは足が速いよ」

懸命にあとを追っているつもりでも、ユキの言うとおりパパのうしろすがたはもう何メートルも離れたところにある。これ以上の距離を空けられないようわたしはいったん歩くのをやめ、それから走り出した。腕の力がゆるみ、ユキのからだがずるずると下がっていく。走りづらかったけれど、ようやく巡りあえたこの子といまはひとときたりとも離れたくない。夢中で走っているうちパパはいつのまにかわたしのすぐ隣にいて、ユキは無理な姿勢でその肩をがっしりと摑んでいた。

わたしたちはそうしてひとつながりになってひたすらに地下通路を走った。

通路は徐々に上り坂になり、その果てに直接地上に開けた出口の四角い光が見えた。

「休憩しよう」

地上出口の直前で、パパが急に足を止める。並走するわたしはそう急には止まれず、三メートルほど行き過ぎてから歩いてパパのもとに戻った。途中でユキはわたしのからだから下りて、パパに走り寄った。シャツやスカートのユキに密着していたところが汗でしっとり濡れていた。抱いているときにはほとんど重さを感じなかったのに、彼女が離れていったいま、失った重さがずっしりと腕や腰にこたえる。

泥だらけのマウンテンブーツを履いたパパのすねに抱きついているユキは、わたしのからだ越しになにかを見つめていた。パパは書類鞄と紙袋を右手にまとめ、空いた左手でわたしの肩を強く抱き寄せた。

「休憩するんだ」

パパは地下通路に面した古めかしい喫茶店にわたしたちを連れていった。入ってみると意外と奥行きが広く、手前の隅の席では山高帽をかぶったご隠居老人風の男が一人アイスコーヒーで涼をとっている。厨房《ちゅうぼう》に近い奥の席では、どこの土産物屋で手に入れたのか、揃って赤いハッピすがたの外国人観光客たちが和気あいあいとケーキを食べている。

「ぼくたちもケーキセットを食べよう」

帽子の老人から一つ空けて真四角のテーブル席に陣取ると、パパは壁を背にして座った。ユキはその隣に密着して座ったけれど、すぐに向かいのわたしの隣に座り直した。

「ママ、なににする？　ねえママ？」

メニューを開いてユキはわたしに寄りかかり、腕をぎゅっと掴み、ひじを押したり揉んだりつねったりする。

「うーん、ミルフィーユかな……」

「じゃあユキもミルフィーユにする」

「じゃあママもミルフィーユにする」

するとユキがこちらを見上げ目を丸くしたので、わたしも目を丸くして見つめかえした。ユキは笑いだした。わたしも笑った。

パパは奥のレジに所在なげに突っ立っていたウェイトレスを呼んで注文を伝える。「ミルフィーユ三つ」セットの飲み物は皆アイスティーにした。「ミルクとレモンどちらかおつけしますか」ウェイトレスの質問にユキは元気よく「どっちもいりません！」と答える。

「まえにもみんなで、ここに来た気がするね」

ミルフィーユと一緒に運ばれてきたアイスティーを一口飲んで、パパが目を細めた。

「ユキ、覚えてるよ。そのときもみんなでミルフィーユを食べたよ」

「そうかあ、そうだったかもしれないな」

「そうだよ、だってミルフィーユはママの大好物だもん」

そのとおりだ！　ミルフィーユはわたしの大好物だ！　物心ついてからというもの、ケーキ屋や喫茶店でミルフィーユ以外のケーキを頼んだことは、八百万《やおよろず》の神に誓っても良い、一度だってない。

「あ、ママへんなの、泣いてるの？」

そう言うユキの口のまわりはすでにパイかすとカスタードクリームで盛大に汚れている。わたしは袖口《そでぐち》で涙を拭くと、腕を伸ばしてパパに書類鞄を取ってもらい、携帯している薬用ウェットティッシュでユキの口元を優しくぬぐってやった。それを見守るパパの無精髭にもクリームが付着していたので、テーブル越しに腕を伸ばして、同じティッシュでそっとぬぐった。よく見ると彼は額に汗をかいていた。額だけではなく首筋にも胸にも……カーキのTシャツは汗が染み出てみるみるU字型に色が濃くなっていく。

「パパどうしたの、暑いの？」

ひっこめかけたわたしの手を握りしめ、パパはこちらをじっと見据えた。

「けっして振り向かないで聞いてほしいんだ」

ユキもまた、フォークを置いてわたしの手を強く握りしめた。

「できるだけ自然にしていてほしいんだ」

尋常ではないほど発汗している相手から、けっして振り向かずに自然にしていろと言われる状況……それがどんな状況かはたいがい想像がつく。

そういえばさっきユキとメニューをめくっているとき、二人連れの男が一列になって入店してきた気がする。そのすぐあとには確かベージュのスーツを着たマレットへアーの女が一人で入ってきた。いずれの客もいま、店内に背を向けているわたしの視界には入っていない。パパはさっきからごく自然にユキとわたしの顔に交互に視線を送っているけれど、視界では追っ手のすがたを捉えているはずだ。

脇のしたが冷や汗でじんわり濡れた。わたしは一つ深呼吸をしてから二人の手を離し、ウェットティッシュの新たな一枚を取り出してパパにすすめた。彼はそれで顔や首の汗を拭くと、ストローをすすってアイスティーを口に含み、テーブル越しに顔を寄せた。

「ママ。いまからする話は、ぼくたち家族のむかし話として聞いてほしいんだ」

「パパ、さっきからママにお願いしてばっかりだね」

口をすぼめながら、ユキはわたしの手の甲にある小さな骨の突起をぐりぐりと指で押す。

「あの日きみは言った、カモ屋の道はまえにしか進まないと。ぼくが兄貴たちを裏切ってまで切り取りの仕事から足を洗う覚悟を決めたのは、きみの揺るがない覚悟を知ったあの瞬間だ。ユキが生まれてからはますます需要が高まって、仕事をしながらの育児でぼくたちは寝るひまもなかったね。ただ、仕事中もそうでないときも、ぼくときみとユキ、三人はいつだって一緒だった。それはぼくたち家族のかけがえのない思い出だ」

「かけがえのない思い出……」大切なのはいまここにある三人の未来だった。「かけがえのない思い出！」深くうなずいてしまえば知らない過去もまた確かな未来の一部になった。

「小さいユキを抱きながら、ぼくたちは得意のカモフラージュ術でいろんなものを運んだり、知らない人を『お父さん』と呼んで一緒に歩いたり、ピクニックのついでに山中にいろんなものを投棄してきた。赤ん坊を抱く若夫婦を疑いの目で見るひとなんて、一人としていなかったね。カモ屋としても、一人の人間としても、ぼくたちはずいぶんユキに救われてきた。きっと本当に幸せな家族に見えていたんだろう。でもそうして四六時中誰かのために家族の擬態をしながら生き長らえているうち、ぼくたちはぼくたち自身からも、本来のすがたを隠してしまったような気がするんだ。なにが擬態でなにが本来のすがたなのか、ぼくたちにはもうわからなくなってしまった。だからぼくたちはもうそろそろ、なにかの擬態ではなく自分自身の人生を生きなくては。幸せな家族のふりなんてしなくてもぼくたちは幸せだということを、世界じゅうのひとびとに知らしめなくては。そのためにはきみがどうしても必要だ。ママ、ここまでわかってくれるね？」

「わかります」

そうだ、大声で幸福を強制してくる誰かを黙らせるためにかりそめの幸福を装うことなんて、もうしなくていい。むろん押しつけられた幸福を装う必要だってない。わたしたち三人はここでこうして顔を寄せあっているだけでもうこんなに満たされているのだから。人生の最後に思い出すべきときがあるとしたら、地下通路でよれよれになって一人うなだれている時間ではない、こうして愛するひとたちとミルフィーユを挟んで静かに見つめあっている時間なのだから。

「でも、彼らはぼくたちを見逃してはくれない！」

視線を斜めにずらして彼らの存在を示唆すると、パパはかすかにうなずいた。

「だからママ、いまぼくたちをカモってくれよ」

黙っていると、隣のユキが腕を伸ばしてわたしの胴まわりに抱きついてきた。つやつやの長い髪が膝のうえに広がった。わたしはその髪を熱心に撫でた。撫でれば撫でるほど、ユキの髪は練り飴のようにわたしの下腹にからみついていった。ねえパパ、ユキたちこれからどうするの？　髪の毛の奥からユキの声がした。「ねえパパ、ユキたちこれからどうするの？」わたしはそのとおりパパに聞いた。

「とりあえずはパパの田舎に行くつもりだよ。ユキもまえに行ったことあるよな？」

「うん、あるよ」ユキはからだを起こして目を輝かせる。「田舎にはおじいちゃんもおばあちゃんもいなかったけど、たくさん牛がいたの。ママはその牛のなかでいちばん大きな一頭に乗って、家のまわりを走らせたの」

「そうだ、牛はママになついてたな」

「朝になるとニワトリがたくさん卵を産んだけど、ニワトリたちもママになついてずっとママのあとを追いかけてたの」

「ママは動物に好かれるひとなんだ」

二人の会話にわたしはうなずきつづけた。わたしは田舎で牛に好かれ、ロデオガールのように牛を乗りこなし、ニワトリにも好かれた。本当にそうであってほしかった。本当にそうだったら良かった。

誰かがわたしの肩に手を置いた。振り向くと、先ほど見当をつけていた二人組の男の一人がすぐうしろに立っている。

「すこしご遠慮願えますか？」

「どうしてですか？」わたしは立ち上がった。

「当事者同士で話がしたいもので」

「わたしも当事者です」

男は困り顔でうしろのテーブルに座っている相棒に視線を送る。二人とも革靴に紺色のスーツすがたで一見サラリーマン風だが、鞄は持たずに手ぶらだった。

わたしは横にいるユキの手を強く握った。ユキは不安そうにわたしを見上げた。テーブルの向こうのパパも、娘とまったく同じ目をしてわたしを見つめている。

「当事者というと……」

「家族です」

「へえ、家族？　あなたが家族？」

男は一歩後退して、にやつきながらわたしの全身をうえからしたまで舐めるように見回す。狼狽と怒りで足元がぐらぐら揺れるようだった。一刻も早くこんな男たちから逃れて三人の幸福を追い求めたかったけれど、すぐにはからだが動かない。

「ママ、ユキお腹が痛い」

ユキがわたしの手を揺さぶった。それでひらめいた。いまからパパとわたしでユキをトイレに連れていき、そこの窓なり排気口なりから、三人一緒に脱出すればいいのだ。

「お手洗いに連れていきますから」

ユキの手を引っ張ったところで、「ぼくが行くから、きみはいて」とパパが立ち上がった。ユキはすばやくわたしの手を離し、テーブルの向こうにまわって父親の手を握った。意表をつかれたけれど、突如二人の表情がいきいきしはじめたところを見ると、その内心にはなにかとっておきの作戦があるらしい。わたしはうなずき、二人に背を向けて自ら敵陣のテーブルに出向いた。

「夫と娘が帰ってくるまでに、話をつけましょう」

覚悟を決めたわたしは座っていた男のまえに腰を下ろした。もう一人の男はわざわざ隣のテーブルから椅子を引きずってきてわたしの横に密着させて置き、どっかりと腰を下ろした。

「話をつけましょう」とは言ってはみたものの、すくなくともわたしのほうでは話すことなどなにもない。男たちのほうでも、わたしについて知りたいことなどなに一つないようだった。向かいの男は下品な音を立てて、もうほとんど氷を残すばかりのアイスココアをすすった。隣の男は絶えず貧乏ゆすりをしていた。

わたしの視線の先には、茶色く向こうが透けている出入り口のガラス扉があった。強《きょう》靭《じん》な肉体を持つパパと生まれながらのカモ屋であるユキならば、きっとすぐにでも化粧室から地下通路に出る方法を見つけ、あのガラス扉の向こうから手招きをしてくれるに違いない。そうなればわたしはまず横の男の急所を蹴りつけ、テーブル越しに手を伸ばしてくるまえの男には目つぶしをくらわせて一気に扉まで走る。そして二人と手を取りあい、田舎に行って牛に乗りニワトリに囲まれ、残りの人生を家族と共に死ぬまで悔いなく幸せに暮らすのだ。

背後の外国人観光客たちがざわざわと騒がしくなり、片言の日本語が店内に飛び交いはじめた。振り返ってみると、その内の一人が会計用のトレイを小銭でいっぱいにしている。わたしは向き直って再びガラス扉に目を凝《こ》らした。やがて陽気な赤ハッピ集団がにぎやかな異国のことばをまきちらしながらひとかたまりになって店を出ていった。そのかたまりの中心に、わたしは赤いマタドール風タキシードを着たパパと、その首にしがみつくカルメン風ドレスを着たユキのすがたを見つけた。ぶかぶかのドレスに埋もれた愛くるしいユキは、父親の肩越しにわたしをじっと見つめていた。

ママ、わかってね
わたしたち三人が共に生きた時間は
たまたま現実というかたちを取らなかっただけなのよ
ママ
これはそれだけのことなのよ

うん、わかったよ、うなずいた瞬間、ユキの目はタキシードの襟元についた二つの飾りボタンに変わった。いや、変わったのではない、カモったのだ、ユキがわたしを見誤らせたのだ。

男たちはいまも奥の化粧室にちらちらと目をやりつづけ、二人が観光客たちに紛れて逃亡していったことにはまるで気づいていなかった。聞き覚えのあるメロディーが鳴りはじめた。隣の男の携帯電話だった。男は電話口をもう一方の手のひらで隠してもごもごと短く喋ったあと、相棒に目配せをして立ち上がった。それから彼らはすみやかに会計を済ませて店を出ていった。

元のテーブルには、氷がとけて半分透明になったアイスティーと崩れたミルフィーユだけが残っていた。わたしはテーブルを移り、フォークを取って、傾いで柔らかくなったパイ生地を口に運んだ。美味だった。うなずきながら食べつづけた。

わたしたち三人が共に生きた時間は、たまたま現実というかたちを取らなかった。

ユキは確かにそう歌いかけていた。そうなのだ。そういうことだ。どう考えてもそれだけのこと。

わたしは残された書類鞄を掴み、店を出た。

6

パトロール

倉庫街を吹きぬけていく風にはほんのり潮の香があった。日差しがきつく、髪の毛は頬に貼りつき、スーツの内側にこもった熱がじわじわと湿り気に変わっていく。

約束の時間から約四十五分遅れて、わたしは指定された倉庫のまえに立っていた。赤錆《あかさび》色《いろ》の扉にはラミネート加工されたプレートがぶらさがっている。

ハトロール中

用意した謝罪の弁を頭のなかで繰り返しながら、携帯電話に倉庫担当者の番号を表示させた。この番号へは移動中から何度も通話を試みていたものの、一度もつながらないばかりか留守番電話にも切り替わらない。今回も二分近く呼び出し音を鳴らしてみたけれど、やはり応答はなかった。担当者は遅刻にしびれを切らして帰ってしまったのだろうか、それともアポイントの時間に変更があったのか、あるいはそもそもこの番号が間違っているのか。

わたしは電話を切り、扉から離れて倉庫の前面をしげしげと眺めた。半円形の屋根を持つ暗い灰色のどっしりとした佇まい、むかしながらのかまぼこ形の倉庫……。窓は一つもなく、扉のうえに突き出したひさしが前面に平行四辺形の影を作っている。

時計を確認すると、約束の時間からすでに五十分が経とうとしていた。もう出直すしかないのかもしれない。倉庫を管理する衣料問屋に電話をかけようとしたところで両目に奇妙な違和感を覚えた。まばたきしながら周囲を見渡すと、倉庫の角に立つ麦わら帽子の老人が懐中電灯をまっすぐこちらに向けている。

「柳生さんですか？」

相手は厳しい表情を浮かべて無言でうなずいた。

わたしは大急ぎで駆けより、社名と個人名を名乗り、平身低頭して遅刻を詫びた。老人はゆったりとした象牙色《ぞうげいろ》の作務衣《さむえ》すがたで足には下駄を履いている。佇まいからしててっきりおじいさんだと思ったけれども、近よってみると顔の輪郭線に妙なまろやかさがあって、性別ははっきりしなかった。上下を丸カッコ形の皺で挟まれた双眸《そうぼう》の白目はやや濁っていたけれど、眼光は鋭い。

ひととおりの謝罪を終えても相手はじっとわたしを見つめたまま無言で直立しているので、一部言い回しを変えて同じことを何度か繰り返した。詫びつづけているわたしのからだは本格的に汗ばんできた。ここはとても暑い。そのうち額から頬をつたった汗があごの先端まで達して、ぽたぽた地面に落ちはじめる。

「あたしはこの倉庫を、もう五十九年も守ってきた」

ああおばあさんだと思った。あたし、と言ったからではない、それがおばあさんの声だったからだ。おばあさんの声というのは確かにある。長い年月のあいだに幾度もの転調を経て辿り着いた特別な調のなかで、濁っていたりかすれていたりふるえていたりする声。叩きつくした鍵盤の余韻だけで鳴っているような声。わたしはどんなひとごみのなかにあっても、そこにいるおばあさんがなにか一言でも呟けばただちにそれと聞き分けられる。

「さっきから黙って聞いていれば……」

にやりと笑みを浮かべたおばあさんの視線の先を目で追うと、足元の地面が濡れている。まさか失禁したわけでもないだろうが、流れた汗にしてはひどい水たまりだ。

「よくもまあ、へそで茶を沸かすような戯《ざ》れ言《ごと》ばかり並べなすって。そんなうわっつらのおためごかしは、ここではいっさい通用しないからね。あんたさんのことばには人間の魂が抜けている。なにもかもがはりぼてなのさ」

おばあさんは懐中電灯で倉庫の外側を照らしながら、唾《つば》を飛ばして先を続ける。

「五十九年間、あたしはたった一人でこの倉庫を守ってきた。そしてあんたさんのような軽薄な衆が、抜け目のない金の亡者たちが、幾人も幾人も現れては肥だめを見るような目であたしをねめつけ、いまのあんたさんのようにそこに立っていたんだ」

敵意に満ちたまなざしを浴びながら、わたしは鞄からペットボトルの水を取り出した。一口のつもりが勝手に喉が動き、半分以上残っていた水はすっかりなくなってしまう。

「そんな作り物の水なんぞ飲みくさって……」

一つ深呼吸をして冷静な心を取り戻し、ここにやってきた経緯を簡潔に説明することにした。この倉庫でわたしが達すべき目的はただ一つ、フラメンコ教室に納品する赤いマタドール風タキシードとカルメン風ドレスを調達することだけだ。

「そんなことはわかっている」話の途中でおばあさんはくわっと黄色い歯を剝き出す。「返品交換と聞いているけど、あんたさん、交換する衣装はどこにあるの」

「その、状況が変わりまして、今日は返品交換ではなく新規購入品の引き取りに伺ったんです。交換するはずだった傷物の二着は……」

「傷物！」

ここぞとばかりにおばあさんが持っていた懐中電灯を振り上げたので、わたしは反射的に顔を手で覆った。

「あたしの知っていた清らかな乙女たちは世紀末にすべて滅びた。近頃の若い衆はみな魂のぬけた発情期の猿ばかり、お猿のかごやもお役御免だよ……」

ぎらぎらと照りつける太陽の光を浴びて、かまぼこ倉庫の前面はいまにも端から茶色く焦げだしそうだった。

足元の水たまりがまた広がっている。水がどこからか流れ込んでいる。細い水の流れを遡《さかのぼ》ると、隣の倉庫のまえでホースをかまえた男がプランターの植物に放水していた。プランターに植えられている植物、葉の茂りかたからしてあれはおそらく茄子に違いないのだが、茄子という野菜は油をなみなみ敷いたフライパンで揚げ焼きにして、おろししょうがを山盛りに載せて食べるととてもおいしい。が、いまはその焼き茄子のミイラのようなしなびた唇からおばあさんの果てしない罵詈雑言《ばりぞうごん》が次々に繰り出され、独自のリズムでうねりながら高まりつつあるのだった。わたしは「北風と太陽」の寓話を想った。岩のような頑迷《がんめい》さは力によって打ち砕かれるのではなく、ただ穏やかな温情によって溶かされる……とはいえその穏やかさの裡《うら》にもある種の頑迷さが含まれなければ温情の成分は正しく機能しない。結局はどんな対立も辛抱と辛抱の闘いなのだ。勝者も敗者も遠く離れてみれば誰にも見分けがつかず、わたしもこのおばあさんも遠目に見れば似たような存在なのだ。それなのになぜ、わたしは一生変わらずわたしのままで生きていかねばならないのか。

「あっすいません」

顔を上げたときにはおばあさんもわたしも全身びしょぬれになっていた。

水やりをしていた男がホースを投げ出し、どたどたこちらに駆けよってくる。すいませんすいません、手が滑っちゃって……弁解を始める男におばあさんの怒号が飛ぶ。そのすきに「ハトロール中」のプレートのかかった扉に手をかけた。幸い扉は難なく開き、すきまにのぞいた暗闇から頰を打つような強い樟脳《しょうのう》の香りがもれる。

倉庫のなかは真っ暗だった。うしろ手で閉めた扉の向こうからはなんの物音も聞こえない。怖い倉庫守が追いかけてくるまえに鍵をかけようと手であたりを探ったけれど、それらしき感触はどこにもなかった。念のため扉を押さえたまま、ひんやりとした壁に背中を預けて呼吸を整える。息を吐くごとにサアサアと草原を渡る風のような快い音が倉庫の奥まで響く。衣装を覆うビニールが揺れる音だろうか……。

多少落ち着いてきたところで、濡れたジャケットを脱いで流れる汗を拭き、照明のスイッチを探した。扉から手を上下して壁伝いに進むうち、小さな突起に行き当たる。押してみるとカチンと小さな音が鳴って、天井二列に点々と連なるうすオレンジ色の裸電球が灯った。急いで扉まで戻り再度鍵の位置を確認したけれど、どうやら内側からは施錠も解錠もできない仕組みになっているらしい。ということは外から閉じこめられたりしたら大問題だ。労災が下りるかどうかも怪しい。監禁されるのも絶対に嫌だ、でもあの意地悪なおばあさんが扉を開けてここに入ってくるのはもっと嫌だ。わたしはジャケットを四角く畳んで鞄と床に置き、記憶を頼りに目的の二着を探しはじめた。

倉庫は外から見るよりずっと広大で、頭よりすこし高いところに十数本の細い銀のレールが手前から奥へとまっすぐに渡されていた。レールのそれぞれに、膨大な量の衣装が半透明のビニールをかぶせられてすきまなくぶらさがっている。ぱっと見た限り衣装の色も丈もすべてごちゃごちゃで、並び順にもまったく法則性がない。せめてこの半透明のビニールカバーがまったくの無色透明だったら、多少は目当てのものを探しやすかっただろうに。とりあえずカバー越しに赤っぽく見える衣装に近よって、一着ずつ端からビニールをめくりあげていくしか方法はなさそうだ。

わたしは左から一本目と二本目のレールにぶらさがる衣装をかきわけ、赤っぽい衣装を目指して奥へ奥へと進んでいった。歴史の古い問屋だとは聞いていたが、よくもまあこれほど大量の衣装を収集して気長に保管していられるものだ。めくりあげるビニールの向こうにのぞくのは、思いのほか状態の良い華麗な舞台衣装ばかりだった。タグを確認すれば一着の例外もなくMade in Chinaの文字が入っていた。新品だけではなく、独特の光沢を持つ骨董生地のドレスも交じっている。もしかしたら鹿鳴館時代の貴重な輸入衣装やマイケル・ジャクソンの伝説のジャケットなどもこの膨大なコレクションのどこかに埋もれているかもしれない。

怒れる倉庫守の存在も忘れ、Made in China の海のなかでわたしはしばし夢想にふけった。動くたびに両側のビニールカバーがサアサアと快い音を立て、手当たり次第どのビニールをめくってみても、そこには必ずスパンコールのふちどりや刺繍がほどこされた美しい布地が現れる。ビニールのしたで静かに眠りについている、かつて着られた衣装とこれから着られる衣装。人間のかたちに沿って縫いあげられた布地の重なり。人間に似た、人間を思わせる、人間に関係のあるものだけれど肝心の人間はどこにもいない。そういうものに埋もれていま、わたしはかつて感じたことのない深い深い安らぎに抱かれている……。

「飛んで火に入る夏の虫」

細く差しこんできた強烈な光と共に、おばあさんの声が倉庫内に朗々と響いた。

青白い懐中電灯の光がちらちらとうす灯りの天井を映す。倉庫の端で衣装に埋もれているわたしのすがたはまだその視界には映っていないはずだ。

「必ずひっとらえて冥界《めいかい》に送りかえしてやるからね」

逃げても仕方がないことはわかっていたけれど、そう言われて逃げずにいるわけにもいかない。

わたしはサアサア音を立てながらまた奥へと進んでいき、中腰になって頭まで衣装のなかに埋もれた。前方に手を伸ばしているとやがて冷たい壁に行き当たったけれど、壁沿いに中央に向かうか倉庫の側面に向かうか、すぐには決めかねた。耳をすますと、おばあさんの下駄履きの足音は側面に向かって移動しているように聞こえる。そこで中央に三歩ほど進むと、壁に固いレバーのような感触があった。ひねると壁に細長くすきまが開いた。

脱出先は広々とした明るい空間だった。

周りをよく見渡すまえに、まずは出てきたドアを確かめる。幸い非常口などでよく見かけるかたちの簡単な鍵がついている。しっかり施錠してから改めて振り返ってみると、等間隔に並べられた長机に人々が前屈みになって、ミシンでなにかを縫っていた。ズズズズ……低く鳴るミシンの稼働音の背景には「ブラームスの子守唄」が流れている。作業する人々はみなこちらに背を向けていた。つまりわたしが出てきた扉は建物の後方に位置しているらしい。

隣とひと続きになっているということは、ここは問屋直営の縫製工場なのだろうか？長机の端の通路をなにくわぬ顔で前方の扉に向かって歩きはじめると、突然聞き覚えのある声がわたしの名を呼んだ。机の真んなかで手を振っていたのは、数年前に謎の失踪を遂げた職場の元同僚だった。

「本橋さん。なにしてるんですか」

「いやー、おつかれさま」

手元のミシンからは鮮やかな黄色い布地が垂れている。本橋さんは立ち上がってこちらに近づいてきた。首元がだらりとあいたTシャツに、ハイビスカス柄のハーフパンツを穿いている。かつてよりだいぶ恰幅がよくなったようだ。

「本橋さん。こんなところで会えるなんて、びっくりしました」

「いやー、久しぶり久しぶり。営業？」

「ええ、そうです。そっちの倉庫のほうに……」

「あー倉庫にね。おつかれ、おつかれ」

「本橋さん、ここでなにしてるんですか」

「なにって、見ての通り働いてるのよ。おれ、工員なの」

「あのときはいきなりいなくなっちゃって、会社のみなさんすごく心配してましたよ。健康診断に行くって言ったきり……。いまでもよく、本橋さんのこと話すんですよ」

「あー、あのときは迷惑かけたね。ゴメンゴメン。でも僕はこのとおり、元気だよ。健康診断にだって行くつもりだったんだよ。みんな元気？」

机に並ぶ若い女性たちが、手だけは動かしながらもこちらにちらちら視線を送る。それではじめて気づいたのだが、女性たちは皆若く、ほとんど少女といっても良いくらいの年齢だった。浅黒い肌の子や丸坊主の子やドレッドヘアの子がいて、例外なく耳にイヤフォンをはめていた。

「本当に、こんなところで会うなんてなあ」

本橋さんのたるみきった笑顔を見ていると、数年前の失踪事件の真相を知りたいという下衆《げす》な気持ちがむくむくと湧いてきて抑えがたい。駆け落ち相手と噂されているサルサダンス教室の講師とはその後どうなったのか。会って数秒でそんな質問は失礼だろうか。

「こんなとこじゃなんだから、あっちで話そうか」

本橋さんが指差す工場前方には、表面の革が破れてなかの綿が飛び出している丸椅子が並んだ居心地悪そうな休憩コーナーがあった。壁際のテーブルには巨大なコーヒーポット三つと大量に重ねられた紙コップの塔が乱立している。

塔の一つを転がしてコップを二つひねり取ると、「いやあ、ついに見つかっちゃったなあ」本橋さんはにたつきながらコーヒーを注いだ。

「本橋さん、いつからここで働いてるんですか」

「わりと最近だよ。ここ実は、うちの家の持ちものなんだ」

「えっ、この工場と向こうの倉庫ですか？」

「そう、工場と倉庫と問屋ね。外に変なばあさんいなかった？　あれ、うちの祖母」

わたしはそっとうしろを振り返った。倉庫につながるドアはまだ固く閉ざされたままだ。

「きみんとこの会社でドロンして、ひとしきりバカやって世界を放浪したあとノコノコここに戻ってきたってわけ。見てよ、これはバルバドスでやってもらったんだ」

本橋さんがTシャツをめくると、波打つ白い腹の肉に大股開きをした全裸の女のタトゥーが刻まれていた。丸見えになるはずの局部のまえにはなぜだかキティちゃんが鎮座している。バルバドスの太陽のしたでそんな門番に生まれついてしまったキティちゃんが気の毒でならないが、このなまめかしい女体はあのサルサダンス講師のそれなのだろうか？肝心の顔だけが白い肉の奥にひっこんでいて見えない。段になっている肉にぐっと指をつっこんで押しあげてみたい衝動と闘っているうち、本橋さんはさっと腹をひとなでしてTシャツを下ろしてしまった。

一呼吸置いていま目にしたものを遠くへ追いやってから、わたしは言った。

「本橋さんが問屋さんの息子さんだったとは、知りませんでした……」

「そりゃあそうだよ、誰にも言ってないからね。あ、でもそっちの会社の社長は知ってるな。おれ、コネ入社だったからさ。で、いまはここで修業中。なにしてるかわかる？　ここ、問屋と並行してやってるお直し工場なの。といっても、丈つめなんかをしてるわけじゃなくて、売れなくなった服を大量に安値で仕入れて、ちょっといま風のアレンジを入れてまた流通させるってわけ。あるでしょ、スーパーなんかでも、古くなった豚肉をミンチにして売ったりする、あれと同じだよ。ある意味、流行はここでつくられていると言ってもいい。十年売れのこった千円のステテコもちょっと手を入れて特別なタグをつければ一万円のパンティーとして売れていくんだから驚くよ。ここにいる子たちは専門学校生で、これから日本のファッション界を担う金の卵ばかりなんだ」

立ち話中にわたしたちを見ていた女の子の一人がおもむろにイヤフォンを机に叩きつけ、

立ち上がってこちらに近づいてきた。作業用のうわっぱりのしたには短いスカートを穿いていて、足元はピンク色のビーチサンダルをひっかけている。本橋さんは彼女が目のまえを通りすぎて扉から出ていくのをにやにやしながら見守っていた。

「最近の若い子は、脚が長いよなあ」

「本橋さん、わたしは今日、仕事をしにきたんです。でもまだ、やらなきゃいけないことができてなくて」

「あ、倉庫になにか取りにきたんでしょ?」

「そうなんです。でも、その、おばあさまを怒らせてしまったようで……」

「いやあ、うちのばあさんにはみんな手を焼いてるのよ。ぼけちゃってるうえに寂しがり屋だからさ、ばあさん」

本橋さんはなみなみ注いだ二杯目のコーヒーを音を立ててすすり、鼻のしたを伸ばしてへらへら笑っている。会社員時代にはもうすこしまじめな顔をしていたように思うが、記憶違いだろうか。だらしない顔を眺めていると、無性にあのおばあさんを擁護したくなった。あのひとは自分の仕事をしているだけだ。五十九年間、来る日も来る日もこのでたらめでせわしない世界からあの倉庫を守りつづけてきた。ぼけているように見えるのは実はあのひとが誰よりも正気だからで、本橋さんのような半ぼけの人間こそがもっともたちが悪くてやっかいなのではないか。剣のようなおばあさんの鋭いまなざしと引き比べて、その孫の伸びきったうどんのようなこの力ないまなざしはいったいなにか。

　コーヒーはぬるくて酸っぱかった。半分ほど飲み、隙を見てさっきとは別のポットから注ぎたすと、よけいにぬるく酸っぱくなった。「ブラームスの子守唄」が終わった。三十秒ほどの長い間のあとに、また同じ曲が流れ出した。

「うち、日替わりで違うクラシックを流すんだよ。今日は『ブラームスの子守唄』。いいでしょ？　選曲はおれがしてるの」

「はあ……。問屋さんも倉庫もこの工場も、ゆくゆくは本橋さんが継ぐんですか？」

「いやー、ばあさんとか母さんはそう言うけどね。わかんないなあ。おれは組織のトップとか向いてないからさ、みんなに混じってあそこで地味に作業してたりするのが好きなのよ。手先が器用なの。きみんとこにいたときも、いやいや営業やってたもんなあ」

「そうですか」

「きみはいつもまじめで偉かったよねえ。なんでもすぐ覚えるから、仕事の教え甲斐もあったよ」

「その節はお世話になりました」

「アリかキリギリスかで言ったら、きみはアリだよね。でもおれはキリギリスなんだ。おれ、まじめに人生と向かいあわなくてもそれなりに生きていけるってことの、生きた証明になりたいんだよ。もっと言うとさ、おれ、いつだって自分の人生の外にいたいんだ。からっぽの人生を、寝っころがって、鼻をほじりながら見ていたいんだ。大空に翼を広げてどこまでも飛んでいきたいんだ……」

「………」

「いや、アリの生きかただって尊重するよ。ただ、おれはキリギリスみたいにしか生きられないってだけ。でもさあ、そもそもキリギリスって見たことある？」

「見たことありません」

「関東の人間にはなじみが薄いよねえ。アリはみんなよく知ってるけどさ。日本の虫で言ったらなんになるのかな。カマキリとかは違うよねえ。かたちで近いのはバッタかな。でもバッタはピョンピョン跳ねて、あんまり享楽的なイメージがないからなあ……」

「本橋さん、わたし、倉庫で探さなくちゃいけない衣装があるんです。戻っておばあさまにお許しいただかないと……」

「え？　うちのばあさんになにを許してもらうの？」

「あの、遅刻してしまったもので……」

「あー、最近の若い子って遅刻をなんとも思ってないみたいなんだよなあ。うちの子たちもさ、ここから歩いてすぐの寮に住まわせてるっていうのに、五分十分の遅刻じゃなんとも言ってこないのよ。さすがに三十分も遅れてきたら、おれのとこに来て謝るよ。あ、おれいちおう、シフト管理なんかもするからさ。でもあの子ら、ぺらぺらぺらぺら同じようなせりふを喋るばっかりでさ、どいつもこいつも魂の抜けたうわっつらの謝罪なんだよなあ。本当に心から自分が悪いって思ってたら、ふるえちゃってさ、ろくにことばも出てこないと思うんだけどなあ。まあおれにはそんな経験ないんだけどね」

わたしは立ち上がり、紙コップをつぶしてゴミ箱に捨てた。

「もうそろそろ、失礼しますね」

「あ、おれ、一緒に行こうか？」

「大丈夫です」

「いや、一緒に行くよ、ばあさん怒ってるんでしょ？　せっかく久々に会ったんだからさ、もっとうちとけていろいろ喋ろうよ」

強く固辞したつもりだったけれど、本橋さんは紙コップを握ったまま扉の外までぶらぶらあとをついてきた。

相変わらず日差しが強い。出入り口の右手のひさしのしたで、さっき出ていった金の卵がコーラを飲みながら煙草を吸っていた。うしろで本橋さんが彼女に話しかけるのが聞こえたけれど、かまわず壁沿いに向こうの倉庫の正面を目指した。さまざまな混沌を目にしたけれど、もとをただせばここで為すべきことはただ一つ、わたしはこれからすみやかに赤いマタドール風タキシードとカルメン風ドレスを見つけ出して、また次のアポイントに向かわなくてはならない。

ようやく正面まで戻ってくると、さきほど水浸しだった地面はすでに乾きつつあり、茄子に水やりをしていた男のすがたも消えていた。赤錆色の扉には相変わらず「ハトロール中」のプレートがぶらさがっている。あとを追ってきた本橋さんが、

「ばあさんまたラミネートしたな」

とプレートをつまんでにやけた顔を近づけたが、わたしは気にせず扉を開けた。

裸電球の灯りはついているけれど、外から見ると内部はほとんど真っ暗だった。開けた扉の内側にさきほど置き去りにした書類鞄と濡れたジャケットが見えたので、手を伸ばして扉の外側に戻した。それから身一つで倉庫のなかに入り扉を閉めると、すぐにまた扉が開いて「なんで置いていくんだよう！」本橋さんが入ってくる。

「柳生さん？」裸電球のうす灯りに目が慣れたところで呼びかけてみる。「衣装を探させてもらいますよ」

「おばあちゃん、この子、おれのむかしの会社の後輩なんだよ。もう許してやってくれよ」

予期していたおばあさんの怒号は返ってこなかった。声のエコーが消えると倉庫は完全な静寂に包まれた。もしかして熱中症だとか持病の発作が起きるなどして、衣装のすきまに倒れていやしないだろうか？　あのおばあさんが五十九年もこの倉庫を守ったというならば、それこそ彼女にふさわしい、倉庫守として生きた五十九年の年月とちょうどぴった

り釣りあう最期なのかもしれない……いやしかし、ひとの生きた年月とぴったり釣りあう最期なんて本当にあるのかどうか。

立ち尽くしていると、正面のレールとレールのあいだ、重なりあった衣装のビニールの奥から麦わら帽子がぬっとのぞいた。帽子はサアサア風の音を鳴らしながらなめらかにこちらに近づいてくる。

「あんたさんの探しものはこれでしょう」

衣装の海から上がってきたおばあさんの両手には、確かに赤いマタドール風タキシードとカルメン風ドレスが掲げられていた。

「おそれいります。受け取りにあがったのはまさしくこの二着なんです。ありがとうございます」

深々と頭を下げると、おばあさんは素直に二着をわたしの手に預けた。その顔には微笑みさえ浮かんでいる。なじみの倉庫の空気を吸って落ち着きを取り戻したのだろうか、外にいたときとは別人のようだ。

「おばあちゃん、お手柄だね」

声をかけた本橋さんにおばあさんは目を細め、「げんたじゃないか、元気でやってるの」と小さな子どもに向けるような猫撫で声を出した。

わたしはほっとして辞去の段取りを始めることにした。

「柳生さん、今日はお約束の時間に遅れてしまって本当に申し訳ありませんでした。衣装を見つけてくださって助かりました。簡単ですが、こちらで用意した受領証にご署名をいただけますでしょうか」

言ったあとで気づいたのだが、受領証は外に出した鞄のなかにある。

「すぐに取ってきますので、ここでお待ちください」

そうお願いしたのに、扉を開けて鞄のうえにかがんだときにはおばあさんも倉庫の外に出てきてしまっていた。その目には出会い頭に見たのと同じ、好戦的な光が爛々《らんらん》と燃えている。

「白昼堂々若い娘がそんなところで尻を突き出して……親が泣いているよ」

「柳生さん、ここにお名前をお願いします」

「あんたさんがあたしに命令するの？」

「おばあちゃん、ここにサインするんだよ」

倉庫から出てきた本橋さんが受領証を奪って祖母にペンを握らせる。そしていやいやする彼女を押さえつけて強引に名前を書かせ、二枚重ねのうえ一枚をちぎるとハーフパンツの腰のゴムに挟み、残りをこちらに差し出した。

「ほら、これでいいでしょ？」

わたしは衣装を抱えたまま濡れたジャケットを着て、鞄を拾い上げた。

「おばあちゃん、ここに小さい丸をつけるのを忘れてるよ」

本橋さんはペンを握った祖母の手を動かし、「ハトロール中」のハの字の右上に丸を書こうとする。彼女が激しく暴れたため、丸は大きく扉にはみだしてしまう。

「ああ、また余計なことをして！　あたしの倉庫になんてことをしてくれるの！　あたしをほっておいて！　あたしに仕事をさせて！」

「わかったよおばあちゃん、じゃあなかで仕事をしようよ」

暴れる祖母の肩をおさえこみながら、本橋さんは足で扉を開けた。おばあさんがのけぞった拍子に麦わら帽子が脱げて、わたしの足元まで飛んでくる。

二人はとっくみあいながら、倉庫のなかへ、おそらくは彼らの人生に直結している暗みのなかへと戻っていった。その向こうでは少女たちがミシンを踏んでいる。誰にも飲まれないコーヒーが冷めている。完全にすがたが見えなくなるまえ、おばあさんはこちらに目を向け、一瞬にやりと笑ったように見えた。

ふいに強い風が吹いて、足元の帽子が隣の茄子のプランターのほうへ飛ばされていく。青みを帯びた薄い色の茄子の葉は、午後の日差しを透かしてあえかに輝いていた。その葉をかすめて帽子はふわりと宙に浮き、倉庫街の屋根を越えて青空の遠くへと消えていった。

7　あなたの人格

そのむかし夜空を見上げた古代ギリシャのひとびとは、天球を移ろう星々のなかに突如秩序を外れた奇妙な動きを見せる星を発見し、その星を「さまようもの」を意味するプラネーテースと名づけた。すなわちプラネット、日本語でいうところの惑星、その惑星の一つ、火星が今晩地球に中接近するという。

わたしは細い坂の中腹に建つホテルの喫茶室にいた。

入り口に近い窓際のテーブルには、白髪の老婦人がカップの取手に指をからませたままぼんやり宙を見つめている。首元は大粒のパールのネックレスで覆われて、ふんわりまとめられた白い髪はネックレスとまったく同じ色をしている。その反対がわ、壁際の冷蔵ケースのまえにあるテーブルでは、あごひげをもじゃもじゃにたくわえた中年男性が丸眼鏡をかけて英字新聞を広げている。ひげといい黒いゆったりとしたマントのような服といい、仕上げにつばつき帽子をかぶせればまるで映画に出てくるユダヤ教のラビのようだ。

わたしを奥の窓際席に案内したサービス係の青年以外、この喫茶室に客の面倒を見る者は誰もいない。その青年はいま、どこにも焦点があっていないけれどもすべてを見通すような目をして厨房に続く通路の脇にひっそりと立っている。

フラメンコ教室から電話がかかってきたのはほんの数分まえのことだった。予定していたアポイントメントを諸事情により一時間うしろ倒しにしてほしいと言う。わたしは駅の繁華街を抜け、教室へ続く細いだらだら坂を上っているところだった。歩きながら話を続け、二分三十四秒の通話を終えたときには三階建てのこぢんまりとしたホテルの正面に立っていた。

紺色のドアの上部には HOTEL SLOPE と一枚に一文字アルファベットが書かれたタイルが並んでいる。すこしくすんだクリーム色の壁、張り出した六つの小窓に並ぶゼラニウムの鉢……。こういう家庭的な雰囲気のホテルの一室で一時間静かに横になることができたら、どれだけ半日の疲れが癒されることだろう。横になることは叶わなくても、せめてゆっくり熱い紅茶でも飲みながら、近づいてくる赤い惑星について想いをめぐらせてみたい。建物の右端からのびる細い階段は中二階の喫茶室に直接続いていた。わたしは階段を上りなかに入ってレモンティーを注文した。

中接近のニュースは電車内の液晶掲示板で知った。火星は約六八七日で太陽系の軌道を一周し、公転周期の差と軌道間の幅の関係で、地球との接近は二年二ヶ月に一度の頻度で起こるという。路線図のしたの四角い画面には、太陽系の軌道を簡略化したイメージ図が映っていた。確かに地球と火星が近づいていたが、ぶつかるほど近いというわけでもなさそうだった。ぶつかるほど近くなれば、夜空のどれくらいの黒があの星の赤で埋まるのか。わたしは鞄からペンを取り出して、まずわかることから知ろうと思った。

地球　360 ÷ 365
火星　360 ÷ 687

この割り算から明らかになる数字は、太陽から見たときそれぞれの惑星が一日に移動する天球上の角度だ。一つ目の筆算の答えを紙ナプキン上で小数点以下第三位（0.986余り0.11）まで求めたとき、レモンティーが運ばれてきた。頭痛がしてきた。砂糖入れの壺《つぼ》から小さな銀のトングで角砂糖を三つつまみ、カップに落とす。薄切りのレモンをスプーンで揺らすと、そのうえで砂糖はゆっくり溶けていく。一口飲むと甘さが口じゅうにしみた。いまこうしてわたしが手を止めているあいだにも、二つの惑星はものすごい速さで互いに接近しつつある。紅茶一杯ではその速度にとても持ちこたえられそうにない。サービス係の青年に向かって手を挙げようとすると、彼はすでにメニューブックを手にしてこちらに近づいてくるところだった。

「マカロニグラタンをください」

閉じたメニューを受け取って、青年は静かに厨房に下がっていく。

わたしは席を立って冷蔵ケースに並ぶケーキを見にいった。ケースの正面に立つには、黒ずくめのラビのすぐうしろを通らなくてはならない。通るとき、彼はすこしだけ椅子を引いた。飲んでいるのはロシアンティーだった。一つ一つじっくりケーキを眺めてから振り返ると、彼は新聞から目を上げてこちらを見ていた。目が合った、と思ったのは一瞬で、そのまなざしはわたしを通り越してもっと遠くに向けられているようだった。

席に戻ってしばらくすると、マカロニグラタンが湯気を立てて運ばれてきた。昼食でもなく夕食でもない中途半端な時間に食べるマカロニグラタンほどおいしいものはない。とりわけクリームソースから飛び出してかりかりに焦げているマカロニのはじっこほどおいしいものはない。

タバスコを振ってフォークを握ったところで、テーブルぜんたいを暗い影が覆う。顔を上げると、ラビが向かいに座っている。

「宜しいですか？」

わたしはひとまず焦げ目のついたマカロニにフォークを突き刺し、口に運んだ。彼はずっとまえからそこに座っていたかのように、落ち着いたようすでテーブルのうえに手を組み、にこにこ笑っている。こうして面と向かってみると、その灰色がかったあごひげは、からまって体育館の床に放置されたバレーボールのネットにそっくりだった。

「なんですか？」

マカロニを飲みこんでから聞くと、彼は「お水をどうぞ」とそこにあった水のグラスをわたしに近づける。

「突然お邪魔して申し訳ありません。実は折り入ってお願いさせていただきたいことがありまして……」

わたしはフォークを握ったまま一口水を飲み、口のなかをさっぱりさせた。それから再びマカロニをまとめて五本ほど突き刺し、口に運んだ。

「怪しいものではございません。いまからお聞かせいたしますお話には、きっとご興味を持っていただけると思います」

ラビは黒い服の内側に手を入れ、銀色のカードケースを取り出す。

「わたくし、こういうものです」

世界人格供給商会　日本支部長
柳祭実

差し出された名刺をわたしは受け取らなかった。

「柳祭《やなぎまつり》、で切れます。柳祭、実《みのる》です」

相手は名刺をテーブルに置いて、水のグラスと同じようにこちらの手元に近づける。

「警戒されてらっしゃるかと思いますが、新興宗教のたぐいではありません。弊社はノルウェーのオスロに本部を構える国際企業です」

「人格供給商会って……もしかして、人身売買にかかわることですか?」

「いえいえ、そんな、めっそうもない。非合法な組織ではありません」

「じゃあなにを……」

「弊社はその名の示すとおり、人格の供給を目的として創業された合法企業です」

「あの、その〝人格〟ってなにかの隠語ですか? それとも読んで字のごとくの、あの、キャラクターっていう意味での人格ですか?」

「もちろん、読んで字のごとく。その人格についてのお話ですよ」

わたしは手を止め、相手の目をもう一度正面からじっと見すえた。彼は丸眼鏡を外して、裸眼でわたしを見返してきた。こんな個性的なあごひげをたくわえてロシアンティーを飲みながら英字新聞を読むような男が、マカロニグラタンを食べる女を相手に下手な詐欺を働く気など起こすだろうか?

「その……人格って売れるんですか?」

「びっくりするくらい売れますよ」

「専用ページにアクセスしていただいて個別にダウンロードしていただくか、直接郵送も承っております。お客様の九割近くはクレジット決済を選択なされますが、もちろん銀行振り込みや代引きもご利用可能です」

「でも……どうやって？」

「ゲームかなにかのキャラクターを売ってるってことなんですか？」

「まあ、そういったものにも応用可能ですが……とはいえわたくしどもがご提供させていただくのは、あくまでリアルな人間が営むアクチュアルな社会生活に奉仕するための有機的な人格商品でございます」

黙っていると、柳祭氏はハッと口元に手を当て、「すこし急ぎすぎてしまいましたでしょうか」と姿勢を正した。

「もうすこしかみくだいて、なおかつ具体的にご紹介させていただきましょうね。我が社が供給しておりますのは人間の人格、俗に言う〝キャラクター〟のテンプレートのようなものです。我が社が収集・生成いたしましたバラエティー豊かな人格商品のなかには、必ずや一人一人にぴったりの、それぞれのお客様が持って生まれた性質に同化しやすく周囲からも意図的な人格変革に気づかれにくい人格テンプレートがございます。とはいえ、格別に意識の高いお客様からのリクエストによっては、唯一無二の特製商品をお作りすることも可能です。いわば人格のオートクチュールですね。ドレスを着替えるように人格を着替えるというわけです」

もしかしたら、これはかつらメーカーか呉服屋のセールストークなのだろうか。柳祭氏の毛髪は短く切り揃えられているけれども、ひげと違って黒々として毛量豊かだった。黒いマント風の服の布地は絹《きぬ》百パーセントかもしれない……その表面はいかにも高級そうな玉虫色の光沢を帯びている。

「日本支社が立ち上がったのはほんの数ヶ月まえのことですが、オスロ本社はすでに四十年近くの歴史を誇っています。創業者のペーテル・シュヴェンセンは貧しい木こりの息子でしたが、七歳を迎えるころにはすでに村民全員のプロフィールを付記した見事な人物相関図を書き上げていたそうです。その過程で、彼はいわばキャラクタービジネスの汎用性《はんようせい》を無意識のうちに体得していたわけですね。画用紙十三枚にわたって描かれた美しいレース模様のようなその相関図は、額装されていまもオスロ本社のレセプションフロアに掲げられていますよ」

「おもしろいお話ですけど……おっしゃることが、よくわかりません」

「ええ、あせらずゆっくりいきましょう。いくらでも、ゆっくりわかるように説明していきましょう」

サービス係の青年がもといた席から柳祭氏のロシアンティーをうやうやしく運んでくる。氏は親しげな口調で礼を言って、カップに口をつける。

「とにかくわたくしどものモットーはダイバーシティ第一、我が社はありとあらゆる人格をご用意して、それを必要とするお客様に提供しております。他人とかぶらず世渡りしやすいキャラ作りに悩む新社会人や学生たち。広告塔としてメディア露出を余儀なくされる一流企業のトップのかたがた。大切なお子さまの将来を憂う子育て中の若いお父さまお母さま。昨今破竹の勢いで発展を遂げる人工知能の精神的バックグラウンド設定に使用されるケースもございます。それにここだけの話、高名な作家のかたからの需要も多いんですよ。登場人物のキャラクター造形にそのまま使うんでしょう。名前を聞いたら驚きますよ」

「はあ、そんなに需要があるんですか」

「近代以降、たまたま先進国に生を享けたわたくしたちは万年思春期の時代を生きています。我々に与えられたミッションはその一生をかけて自分が何者か見出すこと、他人を魅了し、固有の人生経験に裏打ちされた堅牢で確固としたアイデンティティを構築すること……ただ漫然と食って寝て発情しているだけでは現代では生きていることにならないのです。そこで我が社は勉学、お仕事、子育てやご両親の介護などでなにかとお忙しい現代人のために、ある程度完成した人格をご用意して皆さまのアイデンティティ形成のお手伝いをしているわけです」

そこまで一気に言いおえると、柳祭氏は非常に満足そうにうなずいた。喋っているのは彼のほうなのに、なぜだか聞いているこちらの喉がやたらと渇いた。わたしは手元のグラスの水を一気に飲み干した。

「なんだか立派なお仕事のようですね。でもわたしには、特にそういった商品は必要ないと……手持ちのもので間に合っているように思いますので……」

「そのとおり！」柳祭氏はここぞとばかり身を乗り出してくる。「そうなのです、まさにそれゆえに、わたくしは厚かましくもこうして、あなたさまの貴重なお時間を頂戴しているわけです。我が社の商品品質を決定づける重要かつ主要な資源となりますのは、まさしく己の人格に満たされているかた、なにを付けたさなくとも生まれもった強靭な人格をそのまま保持しているかた……さきほどあそこで目が合った瞬間にわかりました。あなたの人格は奇跡の泉のように汲んでも汲んでも尽きない」

「…………」

「はっきり申し上げましょう。つまりわたくしどもは、来たるべき新世紀に向けて人類の益々の発展と栄華のために、これからぜひともあなたの人格を採取させていただきたいのです」

わたしが呆気にとられているうち氏は黙って席を立ち、もとのテーブルから銀色のアタッシェケースを持って戻ってきた。ケースには鍵がかかっており、たっぷり時間をかけてその鍵を開けたところでようやく微笑みながら顔を上げる。ふたが邪魔になって、開けたケースの中身はテーブルのこちらからは見えない。

「あの、人格って……採取できるものなんですか」

「ええ、できますとも」

「そのなかに入っているものを使うんですか？」

「そうなります」

「本当に人格が採れるとして、それ、売れるんですか？」

「何度でも申し上げましょう、人格は売れます。しかしいいですか、より自然な人格を形成するためには、やはり自然の人格をベースに作っていくことが重要なのです。そのためにわたくしは全国津々浦々に足を運び、その地に生きる個性的な人格者たちの人格を採取し、オスロ本社に輸送する役目を果たしております。世界各地から発送されてくる人格サンプルは本社工場で熟練技師の手により調合・精製されたのち、全社共通の商品リストに掲載されることになります」

「あの、でも採取って……そこにあるものを使って、具体的になにをするんですか？　その、献血みたいにからだに針を刺して、そこから人格を吸いあげるとか……？」

「一連の作業を献血にたとえますならば、そうですね。針の役割を担うのはわたくし自身ということになるでしょうね」

「え、それってつまり、ドラキュラみたいに……」

「噛みつきはしませんが、おっしゃるとおり、現代のドラキュラは血ではなくて人格を吸うんです。わたくしだけではありません。現代を生きるひとびとは皆誰しも程度の差こそあれ、意識無意識を問わず、死ぬまで他人の人格を吸って己の人格に生かしていかねばならないのです。万年思春期だなんてもうひとむかしまえの話かもしれません、いまは猫も杓子も全国一億総ドラキュラ時代です。とにもかくにもあなたはこれから十分ほど、わたくしからの質問にお答えいただければけっこうです」

「でもその……」

言いよどんでいると、氏は白々しく「ああ！」と膝を打って、さらに柔和な笑みを浮かべた。

「もちろん無償で、ということではありませんよ。これはボランティアではなく、れっきとしたグローバルビジネスですからね。報酬のことでしたらご心配なく。謝礼はこちらから後日銀行口座へ振り込ませていただきますので」

柳祭氏はケースのなかから一枚の紙を取り出してテーブルに置いた。どうやら支店名や口座番号などの銀行情報を書くための用紙らしい。した半分には誓約書らしき文言が連なっていたけれど、あまりに字が小さすぎて読む気にはならなかった。氏は持っていた黒いペンを差し出してきた。受け取らずにいると、ペン先を自分に向けて紙のうえに置き、グラスやカードにしたのと同じようにこちらの手元に近づけた。

「ではそちらの用紙はのちほどゆっくりご記入いただくとして、これから採取作業を開始いたします。宜しいですね？」

聞いておきながら考えるすきを与えず、柳祭氏はケースからリング綴じになっている青い単語帳のようなものを取り出す。

「質問は八百問ほど用意してございますが、答えづらい質問であったり回答を拒否したい場合は『コウル』とおっしゃってください。ノルウェー語で『キャベツ』を意味することばです。あまり深く考えず、直感で、質問数が多いのでできれば一問につき五秒以内でお答えください。作業中、わたくしは質問以外の言葉を発することは禁じられておりますのであしからず。それでは始めます」

氏は単語帳の表紙をめくった。

「りんごの皮は剝いて食べますか、そのままかじりますか？」

黙っていると、氏は首を振って顔をしかめてみせた。それから手のひらを見せ、親指から順に指を折って五秒を示してみせた。グーになったこぶしから、また一秒刻みに親指を伸ばし、小指まで伸ばしてパーにする。わたしが答えない限り、永遠にその動作を繰り返すつもりらしかった。

「剝いて食べます」

答えると、相手は即座に次の一枚をめくった。

「ジャガ芋の皮は剝いて食べますか、そのまま調理しますか?」

「それは、料理によりますけど……」

彼は再び手のひらを見せ、黙って指を順番に折りはじめる。

「剝いて食べます」

それからも柳祭氏はひたすら単語帳をめくっては、野菜や果物の皮の処理についての質問を続けた。こんな質疑応答から個人の人格が採取されるとは到底信じがたい。とはいえ質問を繰り出しつづける氏の声は徐々に叙情詩を読みあげているかのような荘厳な響きを帯びはじめ、これが北欧の神秘というものなのだろうか、とにかく一度そうして始まってしまったものはけっして終わらせることができない。

おそらくわたしはほとんどの質問に「はい」と答えていた。皮を剝かずに食べられる野菜果物は考えてみれば意外と少ない……北欧の神秘に身を委ねながら「はい」「はい」と答えていくうち、頭が朦朧《もうろう》としてくる。目のまえにある食べかけのマカロニグラタンの輪郭が次第にかすんでいき、クリーム色の海のように波打ちながらテーブルに広がっていく。

「サポジラの皮は剝いて食べますか?」

「はい」

「ロマネスコの皮は剝いて食べますか?」

「はい」

「ゴーヤの皮は剝いて食べますか？」

「はい」

いや、ゴーヤの皮は剝いて食べない、そのまま塩揉みして焼いたり和えたりするはずだ……言い直そうと顔を上げると、目のまえの柳祭氏の顔はのっぺらぼうになっていた。海苔《のり》で巻かれた巨大な三角おにぎりに、剝きたてゆでたまごが載っているよう……と、そのおにぎりの両端が細長く分離して、ぬっとこちらに伸びてくる。よけようとしてもからだが思うように動かず、あっと思ったときには両耳の穴のなかにひんやりしたなにかが差し込まれていた。

なにを入れたんですか、この冷たいの、なんなんですか……聞きたくても舌がもつれて動かない。頭部が止まりかけの独楽《こま》のようにぐらぐら揺れている。あるところまでくると一気に重心が前方に傾き、テーブルに広がるクリーム色の海が目前に迫った。そしてそのまま時間が止まった。

「はい、もうすぐ終わりますからね」

声はうしろから聞こえてくる。時間が止まったというよりは、どうやら柳祭氏に首を摑まれているだけのようだ。おかげでマカロニまみれにならずにすんだのはありがたいが、耳につめられた冷たいなにかのせいなのか、鼻水がたらたら流れて止まらない。しばらくその状態が続いたあと、突然ちゅぽっと音がした。つまった耳からなにかがごっそり引き抜かれるような感触があった。

「おおー、たくさん取れましたね」

ほくほく顔で正面の椅子に戻ってきた彼は、し！　と人差し指を口のまえに立てる。

「大丈夫ですよ、いまはすこし話しづらいかもしれませんが、すぐに元通りになりますので。もうしばらく我慢していてください」

氏はケースから小さな試験管のようなものを取り出すと、わたしの耳に突っ込んでいたとおぼしき半透明の物体を入れてふたをした。それから顔のまえで数十秒間小刻みに振ったのち、手を止めて中身を確認した。

「ほうらやっぱり。こんなに取れた」

近づいてきた試験管を見てみると、なかには白っぽい粉のようなものがうっすら底にたまっている。

「これがあなたの人格ですよ」

耳垢から人格成分が抽出できるとは驚きだが、柳祭氏はいっさいの説明を省略して即座に次の作業に移った。

黒い紙のうえにあけられた試験管の中身に、氏はスポイトで透明の液体を一滴垂らす。それから極小の耳かきのようなものでその液体と粉を練りあわせ、完全にひとまとまりになったところでケースから新たにスナップエンドウ形の小さな入れ物を取り出す。なかには風邪薬のような白いカプセルがびっしり並んでいる。氏はピンセットを使ってそのうちの二つをナプキンのうえに並べると、非常に注意深い手つきでそれぞれを半分に割り、なかにさきほどまとめた小さなかたまりをつめこみ、再びきっちりカプセルを閉じた。

「これで完成です」

柳祭氏はカプセルの一つをピンセットでつまみ上げ、わたしの顔に近づけた。

「突然荒々しいことをして申し訳ありませんでした。ただ、いくらこちらが懇切丁寧に説明したところで、まともな現代人なら医者でもない他人にはたやすく耳を自由にさせないものですからね。単純な質問を繰り返して一種の催眠状態に誘うのは、創業者が編み出した我が社伝統の秘技なのです。とはいっても、わたくしはまだまだ駆け出し採取員ですのでね、ほんのすこしだけ補助的な薬を使わせていただきました。ごくわずかな時間だけ作用するもので人体に悪影響はありませんので、ご心配なく」

うすうす感づいていたことだが、知らないあいだに薬まで盛られていたとは驚いた。こんなのは犯罪ではないだろうか。傷害罪？　迷惑防止条例違反？　罪状は不明だけれどもとにかく不愉快だ。抗議しようと口を開けると、「あー」と情けない声が出た。

「お、声が出てきましたね。ということは、まもなく回復されますよ。そのまえにわたくしはおいとましますが」

「あー、あー」

「これをどうやって使うかって？　こうするんですよ」

言うなり氏はつまんだカプセルを自分の右耳に入れ、ピンセットの先端でぐいぐいなかへと押しこんだ。それから顔を左に傾け、手のひらの付け根でうえになった右耳をトントン叩いた。

「はい、これで一丁上がり。カプセルは一度に二つしか作れませんからね、一つは本社への輸送用、一つは地域アーカイブ用です。つまりはね、わたくしはただの一営業マンに過ぎませんが、同時に歩く商品アーカイブでもあるんですよ」

「あー、あー」

「ああいま、あなたの人格が耳からわたくしのぜんたいへ広がっていくのがわかります。とはいっても、これまでわたくしの内部に蓄積された多数のかたがたの人格に吸収されるかたちですので、あなたとそっくり同じ人格になるわけではありませんがね。それでも、探そうと思えばわたくしのなかにいつでもあなたはいますよ」

「あー、あー」

「そのようすですと、手が自由に動くまでもうすこし時間がかかりそうですね。のちほどでけっこうですので、こちらの振込依頼書は名刺の裏側の住所に送ってください。毎月二十五日が締め日で、振り込みはその翌月十日となります。それではご協力ありがとうございました」

テーブルに広げたアイテムをあっというまにケースに回収すると、柳祭氏は立ち上がって周囲を見渡した。

「ああ、順調にしみているなあ。あなたはどうやら歩き出すまえ、しっかり前後左右を見渡さずにはいられないかたのようですね」

そうだ、確かにそれはわたしの長年の癖だ。

「これでわたくしにもようやく、ひと並みの慎重さが身に付きそうですよ。それにあなた、ちょっとばかり口が軽すぎやしませんか？　これから道でばったり行き会うひとには、あることないことなんでもかんでも喋ってしまいそうだ……」

「あー、あー」

「参ったなあ、さっきから口がもぞもぞしてしかたないんですよ。ええい、ついでに最後に一つだけ教えてあげましょう。あのご婦人……」

氏は白髪の老婦人の背中を指差し、声をひそめた。

「あのご婦人につきましては、作業の度が過ぎました。不肖《ふしょう》わたくし、まだまだ修業が足りず頃合いを見誤ることもあるのです。人格の採取が過ぎますと、あのかたのように時の経過に変調をきたします。まだあまり知られていないことですが、人格は我々の生において、ある種の体内時計のような役割を果たしています。人格が薄くなればなるほど体内時計の針のすすみは鈍《にぶ》くなり、その当人はほとんど永遠に近い時間を生きることになるのです。わたくしなんぞはその反対でいわば人格過多ですからね、こうしているあいだにもあなたの何倍もの速度で死に向かっているのですよ。早死にするというわけではなくて、ただ速度が速いのです」

柳祭氏はサービス係の青年とレジ越しに短く雑談を交わしたのち、支払いを済ませて颯爽と店を出ていった。

どうにか手を動かせるようになると、わたしは残された振込依頼書に自分の口座情報を書き込み、住所が書いてあるという名刺をひっくりかえしてみた。

いつもあなたと共に

マカロニグラタンはすっかり冷めていた。

テーブルの端に追いやった紙ナプキンを引き寄せ、わたしは地球の移動距離にかかわる筆算の続きに取りかかる。こうしているあいだにも、二つの惑星はものすごい速さで互いに接近しつつある。

しばらくすると、サービス係が水のピッチャーを持ってテーブルに近づいてきた。グラスに手を伸ばそうとした拍子に、グラタン皿から中途半端にはみだしていたフォークが滑って床に落ちる。彼はすばやく床にしゃがみこみ、フォークを拾って立ち上がった。それから首を左に半回転、右に半回転させて三百六十度周囲を見渡した。
青年はわたしに微笑む。その右耳は、ほんのわずかに赤みを帯びている。

8 妖精たち

AYAフラメンコスタジオの地下練習室は静まりかえっていた。

鏡張りの壁のまえには色とりどりのフレアスカートに埋もれるように、若い女たちがかたまって座りこんでいる。その視線の先には赤いカルメン風ドレスとマタドール風タキシード……襟元の金ボタンや赤いラメ生地が照明を浴びてとてもきれいな……とてもきれいでゴージャスな、わたしが運んできた衣装……それがいま紙袋ごとフロアの中心に投げ捨てられたばかりだ。

「これでもうすべて終わりよ！」

アヤ先生はフラメンコシューズのつま先で紙袋から飛び出したカルメン風ドレスを蹴りあげる。フリルが重なる軽いドレスはアヤ先生の足にまとわりつくだけで、宙に飛んでいきはしない。足からドレスをひきはがすと先生はそれをまたしても床に投げつけ、「終わりよ！」叫ぶなりワッと派手に泣き出した。

「終わりだな！」

泣きすがたもセクシーなアヤ先生を正面から見下ろしているのは、無精髭がワイルドなヨージ先生……唇の端を歪めて「終わりだな！」ともう一度言う。

「終わりよ！」

「終わりだな！」

「終わり！」

「終わりだよ！」

ほんの数分まえ、ノックと同時に練習室のドアを開けるやいなや、わたしはすぐにスタジオ内の尋常ならざる空気を察した。しかし出先でどんなに尋常ならざる状況に出くわそうと、請け負った担当業務をおろそかにするわけにはいかない。そこでいつものようにくわぬ顔で「衣装をお届けに伺いました」と述べた瞬間、アヤ先生はわたしに突進してきて衣装入りの紙袋を奪い、思い切り床に投げつけた。

それではっきりわかった。わたしは来てはならないときに来てしまった。

「いったいいつからきみはそんな嫌な女になってしまったんだよ！」

ひとまず「終わり」の応酬は終わり、事態は新たな局面を迎えたようだ。

「アヤ、むかしのきみは誰よりも優しくて陽気で、なにを言ってもニコニコ笑ってくれていたのに！」

「そうよね、確かにむかしのわたしは優しくて陽気でなにを言われてもニコニコ笑ういい女だった！　本当にかわいくてきれいでいい女だった！　それが誰のせいでこんなに嫌な女になったと思うの？」

「どうせおれのせいだと言いたいんだろ？」

「そうよ、あなたじゃなかったらいったい誰のせいなのよ！」

「そうやってぜんぶをおれのせいにして、おれを悪者にして、きみはずっと清廉潔白《せいれんけっぱく》を保ってきたんだろ！」

「そういうあなたこそ、いつも悪者役を押しつけられてるふりをして、ありもしない対価をわたしに払わせようとしてるんじゃない！　あなたはいつだってわたしになにかをペイさせようとしているくせに、自分は甘えてなまけて逃げてばっかりじゃない！」

「逃げようとしてももうどこにも逃げるところがないよ！　働き者のきみがすべての出入り口を塞いでしまったからな！」

「うるさい！　もうわたしの人生に二度と現れないで！　去って！　去って！　去れ！」

「去るよ！」

ヨージ先生はフラメンコシューズを外用サンダルに履き替えてから去った。去り際、ドアの横にいたわたしの鼻先をものすごい勢いでなにかがかすめてヨージ先生の背中にぶつかった。アヤ先生のフラメンコシューズだった。ヨージ先生はウッとうめいただけでなにかった。

も言わずに去った。振り返らずに去った。閉められたドアに向かって、だめ押しのシューズがもう片方飛んでくる。ドアにぶつかった衝撃で靴のヒールがポロリととれてしまう。

「アヤ先生！」

隅っこでスカートに埋もれていた女たちが立ち上がり、鈴のような歓声をあげてアヤ先生を取り囲んだ。座っているときにはもっとたくさんいるように見えたのだけど、実際には四人だけだ。女たちの肩越しに、青ざめた先生のむきだしのまるいおでこが見え隠れする。

「アヤ先生、大丈夫ですか？」

「アヤ先生、落ち着いてください」

「アヤ先生、水をどうぞ」

差し出された紙コップの水をアヤ先生が飲んでいるあいだ、わたしは破損した靴を拾って断面をチェックする。ヒールはきれいに折れているので、強力なボンドがあればなんとかなりそうだ。

「ちょっとあなた！　その衣装をどうにかしなさいよ」

まだ二十歳そこそこくらいに見える女の一人にどやされて、わたしはそそくさと床に投げつけられた衣装をかきあつめた。軽く畳んで紙袋にしまったけれど、紙袋越しに赤いドレスとタキシードに向けられる女たちの視線はとても厳しい。

「なによ、あんな衣装。こんなタイミングで持ってこさせるなんて、しらじらしい」

「アヤ先生、ヨージ先生は調子に乗りすぎていますよ」

「そうですよ。アヤ先生が気をつかいすぎなんです」

「ヨージ先生がいなくたって、アヤ先生は平気ですよね」

四人は順繰りに発言してアヤ先生を慰める。皆いつのまにかまた床に座りこんでいて、それぞれのまわりにフレアスカートの輪がフンワリと広がり、アヤ先生を中心とした一輪のお花のように見える。

「でもあのひとの言うとおりよ」ようやくアヤ先生が弱々しく口を開いた。「あのひとの言うとおり……わたしは本当に嫌な女、みじめで意地悪で、頑固で高飛車な女……」

そのとたん「先生、そんなことないです！」女たちは口々に、いかにアヤ先生が模範的な良い女であるか唾を飛ばして反論しはじめる。鈴だのシンバルだのトライアングルだの、千人の子どもたちが金属製の楽器を一斉に打ち散らかしているようだ。

辛抱、辛抱、わたしは心のなかでつぶやいた。いくら他人の恋愛問題に首を突っ込まずにいられない好奇心旺盛な年頃であっても、永遠にああして喋っていられるわけではない。……衣装の納品について主宰のアヤ先生と話すのは、皆が落ち着いてからでも遅くない。

わたしは深呼吸をしてできるだけ無表情を保ち、靴脱ぎの近くに立って待つことにした。が、一分と経たないうちにやはり出直そうと心が決まった。音を立てずにスリッパから靴に履き替え、そっとドアに手をかけたところで「ちょっと待って！」アヤ先生がわたしを呼び止める。

「ごめんなさいね」

振り向くと、アヤ先生のみならず取り巻きの女たちも涙で充血した目でこちらを凝視していた。

「せっかく衣装を持ってきてくださったのに、お見苦しいところを見せてしまって失礼しました」

「いえ……」

「約束の時間もこちらの都合で一時間遅らせていただいたというのに……」

「いえいえ……」

「でもおわかりになったでしょう？　あのひとの言うとおり、わたしは本当にいい加減で自分勝手で感情的な人間なんです」

するとまた「先生、そんなことは誰も言ってません！」周囲の女たちは先生がいかに模範的で情けぶかい良い女であるかを口々に主張する。涙を流しながら反論に耳を傾けるアヤ先生はついいましがたわたしを引き止めたばかりだというのに、すでにこちらの存在など忘れてしまったようだ。

お喋りな若い女たちは顔も体形も似たり寄ったりで、スカートの色でしか区別がつかなかった。ピンク、黄色、だいだい、オリーブ。だいだいはほかの三人よりすこしだけ声が大きい。

「そもそもね」そのだいだいがさらに声を荒らげる。「ヨージ先生は気が小さいんです。ほら、中学とか高校によくいたでしょ、テストのまえにちっとも勉強しなかったことや、お兄ちゃんと一緒にタバコを吸ったことを自慢げに話す子。自分がほかの子どもより一歩進んだワルだってことが得意でたまらないんですよ。そんなのは権力の見せびらかしと一緒、おのれの気の弱さの裏返しですよ。ヨージ先生はいまだにクールなワルぶることでガラスの自尊心を保っているんですよ」

「自尊心といえばね」と、横にいたオリーブ。「そういう人間は周りの人間の自尊心が大好物なんだよ。自分の自尊心をふとらせるためにほかのひとの自尊心をめためたに叩きつぶしてちゅうちゅう吸いつくして、つまりね、周りのひとに自分はダメな人間だと思わせることで、自分だけがもっと偉くなろうとするんです」

「アヤ先生はヨージ先生の顔色をうかがいすぎです」と、今度は黄色。「いくらパートナーだからといって、この教室の主宰はアヤ先生なんですから、アヤ先生が思うようにやったらいいじゃないですか」

「わたしはヨージ先生の口臭が苦手です」とピンク。「ちゃんと歯を磨いているんですか？」

アヤ先生は涙を拭い、深いためいきをついた。

「頭痛がしてきた。誰かロキソニンを持ってない？」

このフラメンコ教室を担当するようになってからもう四年近くの歳月が過ぎたけれど、こんな修羅場《しゅらば》に出くわすのは初めてだ。

この四年間、月に一度は必ずここに顔を出していたわたしの知るかぎり、主宰のアヤ先生と副主宰のヨージ先生のパートナーシップはアステア&ロジャースあるいはモルダーとスカリーのように常に完璧だった。四年間の雑談の積み重ねで知ったことだが、二人は学生時代にフラメンコサークルで出会って以来の長い付きあいで、ある日突然本場のフラメンコを勉強したいとスペインに渡ったアヤ先生のあとをヨージ先生が追って、帰国後一緒にこのスタジオを立ち上げたそうだ。どちらかの機嫌が良くてもう一方の機嫌が悪いということは一度もなかった。どちらかの機嫌が良ければもう一方も同じように良いし、逆もまたしかりだった。生徒にも同じように好かれていた。だから似たもの同士の二人なのだろうと思っていた。確かにいま取り巻きの一人が非難したとおり、ヨージ先生にはややワルなところがある（といっても、レッスン中に酒臭い息を吐いていたりレッスン中にパジャマを着ていたりするくらいだが）、でもアヤ先生はそんなことはすこしも気にしていないように見えた。むしろヨージ先生のそういうところをこそ愛しているように見えた。とはいえそれもしょせん、通りすがりの出入り業者の私見にすぎなかったということ……この世には一つとして確かなものは存在しない、あれほど盤石《ばんじゃく》に見えた二人の関係がふとしたことでこんな簡素な終わりを迎えることだってそれは当然あるだろう。

「それにねえ」アヤ先生にロキソニンを飲ませただいだいがまた元気よく喋り出す。「ヨージ先生って、世界でいちばん自分の話がおもしろいって思っているふしないですか？スペインでエスカルゴを鼻から食べた話とかうそくさすぎるし、それに何度も何度も同じ話をされてぜんぜん笑えないのに、笑ってあげるの疲れますよね」

「それにすごくナルシストだよね！」と続けるオリーブ。「あのひと、踊ってない時間でも一日八時間くらいは鏡を見ているんじゃないかな。髪型が気になってしかたないんだよ」

「アヤ先生が大切にしていたミニバラを枯《か》らしてしまったときのことはよく覚えてます」黄色が目を輝かす。「先生は一日に一回は必ず朝水をあげるように言って地方公演に行ったのに、帰ってきたらすっかり枯れていたんですよね。理由を聞いたら、ただ目に入らなかったから忘れていたんだって。先生があれほどお願いしたのにですよ？　信じられません。ミニバラが枯れただけの話じゃありません、これは人間同士の根本的な信頼関係にかかわる話ですよ」

それに誕生日のこと、と誰かが言い出し、そうそう忘れちゃいけない、とまた違う声が聞こえて、それからはもはや誰がなにを言ったのか判然としない多重の声の応酬が続いた。

まだ付きあいはじめたころですよね、誕生日はなにをしたいか聞かれたアヤ先生がすこし遠慮して、特になにもなくていいよって答えたら、ヨージ先生はそれを真に受けて、本当になにもしなかったんです。そうそう、それとは逆にヨージ先生の誕生日のこともあるでしょ？　そうだ、そのことも忘れちゃいけない、せっかくアヤ先生がバースデーケーキをつくって家で待ってたっていうのに、ヨージ先生は前世で因縁《いんねん》があった豪族の墓を掘り起こしにいくっていう友だちに付きあって一晩音信不通だったんだよね。なにその理由？　ほんとありえない！　ありえない!!

「アヤ先生、これでわかったでしょ？」最後に四人は声を合わせて言った。「あの男は、アヤ先生の人生を生きづらくするばかりの男なんですよ」

アヤ先生はアアアとうめいて頭を抱えた。そこに四人がさらに畳みかけていく。先生、あの男はアヤ先生の視界に立ちふさがります！　これから一生、あの男の肩越しに自分の人生を眺めるつもりなんですか？　このままではゆくゆく視界がふさがってしまいますよ！　それで本当にいいんですか……それで本当にいいんですか……

「それで本当にいいんですか？」

「いいえ！」アヤ先生は頭を上げた。「それは良くない」

四人は一斉に歓声をあげ、拍手した。

「そうです、そうです、そうこなくっちゃ、先生！」

「それにわたしには仕事がある。わたしは仕事を投げ出さない」

「そうです、そうです、さすが先生！」

「わたし、あのひとのまえで自分がどんどん嫌な女になっていくのに耐えられなかった。きっとあのひとも同じでしょう。これ以上軽蔑《けいべつ》されるのが怖かったの。ここのところわたしたちは互いの足をひっぱりあって、相手が自分よりも相手自身を憎むようにしむけることで精いっぱいだった。そんな関係は不幸です。そんな生きかたは辛い。そんなのは人生とは呼べない」

「先生、そんなこと、見ているわたしたちはとっくのむかしから気づいていたんですよ。先生、気づけてよかったですね」

「ええ、気づかせてくれてどうもありがとう。長い悪夢からようやく覚めた気分よ。あのひとにはいますぐわたしの人生から退場してもらわないと、そしてわたしもいますぐあのひとの人生から退場しないとね」

そう言って周りを見回したアヤ先生と目が合ったので、わたしはギクッと身をふるわせた。好奇心に抗えずついつい聞き耳を立ててしまっていたけれど、一介の出入り業者としては知らないでいたほうがいいこともある。

「ちょっとそこのあなた」

後悔を察したのか、だいだいがフレアスカートのしたで立て膝をしてわたしに凄んだ。

スカートの暗闇からむっちりとしたふくらはぎが青白く光って、あれはそうだ、海中のホタルイカのようだ。

「わたしたちの言っていること、聞いていましたね？　わたしたち、なにも間違っていないですよね？」

「えーと、その……」

「あなた、この教室を担当するようになってからもう三年も四年も経つんでしょう？　それなのにどうしてアヤ先生の苦しみに気づいてあげられなかったんですか？」

「あ、えーと、それは申し訳なかったんですが……」

「あなたは隣の家から悲鳴が聞こえても知らんぷりをするタイプですね」

そう決めつけただいだいは、「さあ先生、これから絶縁状を書きましょう」とアヤ先生を立ち上がらせた。

「もうあなたなんか必要ないってあいつにはっきり知らしめてあげましょう。このスタジオから、あいつの存在を一切消してしまいましょう。そして人生を一から新しく始めましょう」

女たちはどこからかペンと便箋《びんせん》を持ってきて、アヤ先生に握らせる。四人の監視のなか、アヤ先生は慎重に、時に迅速にペンを走らせる。わたしははやいところ衣装の納品を済ましてこの場を立ち去りたかったのだけれど、いつのまにか黄色とピンクに両側からがっちりと腕を摑まれ、絶縁状執筆の立会人にされていた。

最後に自分の名前を書いてから、アヤ先生は静かにペンをおいた。オリーブが便箋を封筒に入れ、だいだいが留め口のところをベーっとべろで舐めて封をした。

「さあ、じゃあ」と、だいだいはまたしてもわたしのほうをねめつける。「さっきはあんなふうに大見得を切って出ていきましたけどね、あいつのことですからここからそれほど遠くへは行ってないはずです。せいぜい隣のコンビニで煙草を吸うくらいが関の山でしょうから、行ってこれを渡してきてください。渡したらすぐ封を開けて読んでもらって、そして荷物の送り先の住所を封筒に書いてもらって、書いてもらったらすぐにここに戻ってきてください」

言いおえるなり、彼女は強引に手紙をわたしの手に押しつけた。なぜわたしが？　なぜそんなことを？　理由をつけて断ることもできたのだろうが、憔悴《しょうすい》しきった表情のアヤ先生に黙って頭を下げられては、なにも言い返すことができない。

いざスタジオを出てみると、ヨージ先生はあっけないほど簡単に見つかった。だいだいの言ったとおりコンビニの表の喫煙コーナーにいたけれど、煙草は吸っておらずしゃがみこんで泣いていた。男の泣き顔ならこれまでの人生で何度か目にしてきた、今日の昼にだって見た、でもこの黄昏時に往来で人目にさらされながら肩をふるわせ泣いている男はひとしお哀れだ。胸が痛む。やはりあの女性たちはヨージ先生を悪く言いすぎではないだろうか。

「ヨージ先生、アヤ先生からお手紙を預かりました」

近づいて封筒を差し出すと、ヨージ先生は涙でぐしゃぐしゃになった顔を上げ、すぐに封を開けた。それからしばらくじっとその文面を見つめていたけれど、そのあいだも涙は絶え間なく頬に流れつづけた。

「最近あいつといると、自分がすごく嫌な人間になった気がするんだ」

ヨージ先生は便箋をくしゃっと縦に潰《つぶ》すと、それで顔じゅうの涙を拭った。

「自分がくだらなくてからっぽで、ワイルドな男の着ぐるみをかぶった虚栄心のかたまりになってしまった気がするんだ」

「いいえ、そんなことないですよ、ヨージ先生は……」

「おれだって、むかしは優しくて陽気でいつもニコニコしているいい男だったのに！」

「いえ、先生はいまだって……」

「あいつの言うとおり、おれたちはお互いの人生を生きづらくしている。こんな関係は本当に不幸だ。おれも同じ意見だとあいつに伝えてください」

「それでしたら、あの、そちらの空の封筒に荷物の送り先を書いていただくよう申しつかっておりますので……」

言いながらペンを忘れたことに気づき、わたしはスーツのポケットに予備のものがないか探った。もぞもぞしているうち、コンビニから革ジャンすがたの若者たちが団子になって出てくる。四人いる。その先頭の一人が泣いているヨージ先生に気づいて駆けよってくる。

「ヨージ先生、どうしたんですか」

まさかこの青年たちもフラメンコ教室の生徒なのだろうか？　格好からしてとてもそんなふうには見えないけれど、四人は口々に先生、先生、と呼びかけて、手に提げているレジ袋から炭酸飲料や菓子パンをヨージ先生に差し出している。

「ごめん、ごめんな、なんでもないんだ」

「なんでもないわけないですよ。その涙はどういうわけですか。あなた、先生になにか言ったんですか」

革ジャンの一人がわたしのまえに立ちふさがる。

「いえ、わたしはですね、あちらのフラメンコスタジオに衣装の納品をしにきた者でして、日頃お世話になっているアヤ先生からこちらのヨージ先生に伝言をおおせつかりまして……」

「これなんだ」とヨージ先生は濡れてぐしゃぐしゃになった手紙を広げて青年たちに差し出す。四人は顔を寄せて文面を見つめる。わたしは彼らがじっとしているすきにそれぞれ固有の特徴を摑もうとしたけれど、この四人も互いに似通っていて際立つ個性がなにもない。

「まったく、信じられないよ！」

手紙を読み終えた青年たちは唾を飛ばして先生に訴えた。

「先生、どうしてこんな自分勝手で傲慢な女と何年も一緒にいられたんですか？　こういう女は自分を弱々しく見せかけるのが上手で、その見せかけの弱さを鎖《くさり》にして男をがんじがらめにしようとするんですよ」

「そしてこちらはなんの気なしにしていることにも、いちいち自分に有利な意味を捏造《ねつぞう》せずにはいられないんだ。覚えてますか？　アヤ先生の旅行中にバラを枯らしてしまったのは、ヨージ先生が単に水やりを忘れてしまっただけのことじゃあないですか。誕生日には特になにもいらないという相手の言葉を信じることは、相手の価値観を尊重していることにはなりませんか？　豪族の墓を掘り起こしにいこうと誘われて、家でのんびりお茶をすってることなんかできますか？」

「それにだよ！　二人の雰囲気を悪くしないようヨージ先生が気をつかっておもしろおかしく話してるっていうのにさ、アヤ先生はいつも無表情で相槌《あいづち》も打たないじゃんか。ときどき笑うとしても感じの悪い、こっちを馬鹿にするようなうすら笑いを浮かべるだけだよ！　先生、ごまかしちゃダメだよ、あのひとが最後に心から優しい微笑みを先生に向けてくれたのは、もう思い出せないくらいむかしのことなんじゃないの？」

「そのくせアヤ先生っていうのは、生徒のまえではいつも作り笑顔を絶やさないんです。でもあんな笑顔はデタラメだ、インチキだ！　ヨージ先生はそんなあのひとがいつも恥ずかしくってしかたないんです。ぼくたち、その気持ち、よーくわかります」

スタジオのスカート軍団といいこの革ジャン軍団といい、若さゆえなのだろうか、よくぞここまでダンス講師の私生活に熱く踏みこんでいけるものだ。思わず感心しそうになるけれど、青年たちの悪態に今度はアヤ先生が気の毒になってくる。ヨージ先生は反論するでもなく、黙ってウンウンうなずいている。そういうところを見ると、二人の関係が不可避的な決裂に向かっているのはもう間違いなさそうだった。このまま経過を見守っていたいのはやまやまだけれど、そろそろ次のアポイントの時間がせまっている。幸いスーツの内ポケットに一本ボールペンが入っていた。決裂の一点に向かって、二度と引き返しようのない最終的なステージへと二人の背中を押すのはこのわたしなのだ。

「ヨージ先生、それではこちらの封筒に、荷物の送り先の住所をお願いします」

「ああ、わかったよ」

そうしてペンをとった先生の右腕を、そばにいた青年の一人が強く摑んだ。

「でも先生」

青年は座りこんで正面から先生の目をのぞきこんだ。

「先生、まさか、あきらめてしまうわけではないですよね？」

するとほかの三人も同じように、しゃがんで先生の腕に両手を伸ばした。八本の腕がナイトの剣のように放射状に先生を取り囲んだ。青年たちの革ジャンの背中が西日を受けて輝き出した。

光り輝く青年たちは、ヨージ先生に口々に畳みかける。先生、これまでの二人の努力はすべて無駄だったと思っているわけではないですよね？　靴下を穿き替えるみたいに誰かを誰かと交換できるなんて思ってないですよね？　その気になればすべてを無に帰すことができるなんて、まさか本当に思ってないですよね？……思ってないですよね……思ってないですよね……

「先生、思ってないですよね？」

「そうだ、思ってないとも！」

叫ぶなり、ヨージ先生はペンと封筒を道路に投げつけ立ち上がった。

「そうだ、わかってる……そんなこと、おれたちには絶対にできないって。たとえどれほど憎しみあうことになろうが後悔することになろうが、おれたちはいままでもこれからもただ一緒にいるしかない。なぜならおれたちがおれたちの人生にたいして本当に、同じくらいに真剣ならば……どんなときでも二人一緒にいることだけが、その真剣さを示す唯一の方法なのだから」

「そういうことならば先生！　はやく戻りましょう！」

アリが獲物を運んでいくように青年たちはヨージ先生を取り巻いて隣のスタジオに向かっていく。わたしは封筒とペンを拾ってそのあとを追いかける。

スタジオではフレアスカートの女たちに囲まれてアヤ先生がフロアの中心に座っていた。ぞろぞろ入りこんできた男たちを見上げて、女たちはおののきと憤慨の表情を見せている。

「まあ、戻ってくるなんて！」

叫んだだいだいに、革ジャンの一人が叫びかえす。

「ああ、戻ってきたともさ！」

「あいつらの顔を見てよ」フレアスカートの誰かが声をあげる。「なんてまぬけな顔なの？……でも、アヤ先生が恋に落ちたころのヨージ先生はあんな顔をしていた」

「あいつらの顔を見ろよ！」今度は男たちの誰かが声をあげる。「なんて単純な顔なんだ？……でも、ヨージ先生が恋したころのアヤ先生はあんな顔をしていた」

「そしてあなたたちが彼女をこうしたのよ」

そう言うと、フレアスカートの女たちは一斉に立ち上がり、虹色の泡になって消えた。

「そしてきみたちが彼をこうしたんだ」

革ジャンの男たちもまた、ゆらゆらと波打って笑いながら消えていった。

フロアにはアヤ先生が残り、靴脱ぎにはヨージ先生が残った。二人は見つめあった。実際は十秒にも満たない、と同時に気の遠くなるくらい長い沈黙の時間が過ぎたのち、

「服を脱いで」

とアヤ先生が言った。

わたしはあわてて床に落ちていた衣装の紙袋をアヤ先生に差し出し、それと一緒に納品書のサインをお願いする。アヤ先生はサインをするとすばやく着ていたTシャツを脱ぎ、紙袋から取り出したカルメン風ドレスを着た。それから背後で裸になっているヨージ先生にマタドール風タキシードを投げ渡した。

「音楽をかけて」

アヤ先生は言った。わたしは急いで機材に駆けより、横向き三角の再生ボタンを押す。音楽が流れはじめる。ドレスを着たアヤ先生が立つ。タキシードを着たヨージ先生が立つ。なにをボンヤリしてるのよ、はやく向こうに行きなさいよ！

見えない力に肩を摑まれ、わたしは鞄を持って外に出る。

9 テルオとルイーズ

時間がない。いつも時間がない。なぜいつも時間がないんだろう?

店のショーウィンドーのまえに立ち、わたしはガラス窓に映る自分のひきつった顔と長らくじっくり向きあっていた。

ガラスの向こうがわでは、いかにも高級そうなケースに入った高級時計が静かに時を刻んでいる。目のまえの時計も、その二百分の一くらいの値段で買ったわたしの思い出ぶかい腕時計も、同じように次のアポイントの時間が約四十五分後に迫っていることを示している。こうしているうちにも時間はどんどんなくなっていく。欠乏がさらなる欠乏を呼びやがて時間の大飢饉《ききん》が起こる。どう生きようとひとはいつか必ずその飢饉のなかで飢え死んでいくことになるのだから、わたしはここで一人孤独に顔をひきつらせたまま、遠い未来、失われた時間に代わってこの世を支配するなにものかからのメッセージを待っていたい、その啓示の瞬間のために残された時間のすべてを費《つい》やしたい……とはいえそういうわけにはいかないのだ、なぜならいまから約四十五分後にわたしをオフィスに訪ねてくる誰かがいるからだ。

乗り換えや駅からの徒歩移動のことを考えると、電車ではもう間にあいそうになかった。歩道の端に寄り高く手を掲げると、角から猛スピードで現れた黄色いタクシーがぴたりと目のまえで停まる。開いたドアから後部座席にからだをすべりこませ、オフィスの住所を告げた。白手袋をはめた運転手はうなずきもせず黙って車を発進させた。

昼から絶え間なく移動とアクシデントが続いたために疲労はピークに達していた。目をつむってウトウトしながらしばらく車中で憩《いこ》っていたいものだけれど、そうして注意を怠っているすきにまったく見当違いの別の住所に連れていかれたりしてはたまらない。都市生活はつねに危険と隣りあわせだ。一度落ちたら二度と這い出せない落とし穴はいたるところに掘られているのだから、都市ではたゆまず周囲に注意を払い、目的地の方向をじっと見据えていることが肝心だ……でもいま、わたしは目的地どころか自分自身さえ見失いそうなほどの激しい眠気に襲われている。目を閉じたらもう二度と目覚められそうにないという気がしている。

脳髄《のうずい》にからみつくような眠気を払うため、わたしは助手席の背面に取りつけられているミニちらしに注目した。「スピード&クリエイティビティ　増やすなら今」「クリック一つで億万長者！」「その婚活、幸せですか？」「MUSCLE IS INTELLIGENCE」「真実はそこにある……あなたが目を開けさえすれば」

いままでこのシートに座って移動したどれほどの乗客が、これらのキャッチフレーズを目にしたことだろう。そして増毛や投資や高級婚姻活動といった未知の世界へ踏みこむ勇気を得たことだろう。わたしは見知らぬ彼らの生活をしつこく想像することで、しつこい眠気を振り払おうとした。すると閉じかけた目の暗いうえ半分に、夫の不貞を疑う四十歳くらいの主婦が探偵事務所のちらしを手に取って凝視しているすがたが見えてきた。彼女はちらしをバッグに入れる……横のドアが開いて彼女はタクシーを降りる……長いスカートと健康サンダル……どこへ行くのだろう……そこでわたしはカッと目を見開く。彼女を追って完全に目を閉じてしまうまえに、せめてこのタクシーのハンドル、なおかつわたしの会社員生活の命運を握る運転手がそれだけの責任を負える人物かどうかを確かめておかねばならない。

ダッシュボードのうえに提示されている乗務員証によると運転手の名は朝日輝男、満五十九歳、古風なタイプの運転手らしく、備えつけのカーナビゲーションは使われていなかった。手袋は真っ白でかぶっている制帽の白い部分も真っ白、バックミラーに映るまなざしは真剣そのもの、ブレーキの利かせかたはソフトで加速もなめらか、まるで觔斗雲《きんとうん》に乗っているかのよう、すこし微笑んでいるふうにも見えるその落ち着いた横顔はゆりかごを揺らす父親のよう………

「あんたはおれの最後の客だよ」

いきなり言われて飛び起きた。

バックミラーで運転手の表情をうかがうと、さっきと変わらず真剣な表情でまっすぐ前方を見据えている。空耳かと思って再び目を閉じると、

「あんたはおれの最後の客だよ」

また同じことを言われた。

今度はバックミラー越しに目が合った。

「これもなにかの巡りあわせだと思ってあきらめてくれ」

「あきらめる……なにをですか？」

「一緒に死のう」

朝日運転手は悲しげにフフフと笑うと、ウィンカーを出して交差点を左に曲がり、首都高のインターチェンジに進入した。

「運転手さん、高速は使わないでいただきたいんですが」

「最後だから、思いっきりぶっとばしたいんだ」

「したの道で行っても、あと十分くらいで到着できたかと思うんですが」

「すべてを忘れて、二人で楽しもう」

「次のインターチェンジで降りてもらって、最寄りの駅で降ろしていただけますでしょう

か」

「死に場所はもう見つけてあるんだ。崖だ」

これはまずい、わたしは書類鞄のなかから携帯電話を取り出し、ふるえる指先で一一〇番通報を試みた。が、運転手が振り向いたと思った瞬間には携帯電話はその手のなかにあった。外部との唯一の連絡手段はいまや完全に失われた。車は時速百キロ強で首都高をぶっとばしている。

唐突な死の予感が胃の腑《ふ》までしみわたってくるのを感じながら、わたしは窓越しに過ぎゆく都市の風景を眺めた。生命の危機にさらされているからか、時速百キロで流れていく風景の変化がずいぶんゆっくりに感じられる。マンションの一部屋一部屋の窓から、住民たちがこちらに手を振っているのが見える気がする。そのひとたちの顔にあるほくろの数まで数えられる気がする……。

「なぜ、わたしが」

たまらずそう呟くと、朝日運転手は「運命だからな」と即答した。

「ひとの運命っていうのは残酷なものだよな。いまが最高に幸せでも、一時間後にはなにが起こるかわかりゃあしないものなんだ」

「あの、もしかして……これから故意に、交通事故……かなにかを起こすおつもりなんでしょうか」

「故意の交通事故？　そりゃあおもしろいけどな、故意に事故を起こすならそいつは事故じゃねえや。それは車を使った殺人か自殺だ」

「殺人か自殺……」

物心ついたときから気の遠くなるほどの長い時間、わたしは自分が交通事故で命を落とす瞬間についての想像をたくましくし、憂慮《ゆうりょ》し、そのための心がまえを整えつづけてきた。が、実際は事故ではなくて他殺で死ぬことがいま決定した。想定外ではあるけれど、わたしのような小胆な人間にとっては、病気や怪我で長い苦しみの末に迎える死よりも、まだ耐えやすい死なのかもしれない。ちなみにさっき崖という単語が聞こえたけれど、このひとは建物や樹木に衝突するのではなくて、崖から落下して地面に衝突するつもりなんだろうか……。

「『テルマ＆ルイーズ』という映画を観たことがあるか？」

朝日運転手が怒鳴るように聞いた。

「え？　はい？」

「テルマ！　アンド！　ルイーズ！　だよ」

「あ、『テルマ＆ルイーズ』？　ですか……『テルマ＆ルイーズ』……たぶん、ずっとむかしに……『午後のロードショー』かなにかで……」

「勝手だが、いまからあんたのことをルイーズと呼ばせてもらう。おれは輝男だからテルマと呼んでくれ」

「あれはたしか、女のひと二人……テルマとルイーズが、旅行に出かけようとして……それが逃避行になっちゃうやつですよね？　それで最後には崖っぷちに追いつめられて……」

「そうだ、あれは男社会に痛めつけられたアメリカ南部の女たちの話だ。でもそれだけじゃない、あれはいまこの瞬間も罪なく痛めつけられている全世界の人間たちの話なんだ。身の程知らずの欲張りなやつらに自由もなけなしの運さえも奪われて、わりをくって歯をくいしばっているおれたちのような人間全員の話なんだ」

死に際の理性のきらめきなのだろうか、大むかしにぼんやり観たきり一度も思い出したことのない『テルマ&ルイーズ』の全シーンが超特急で目の裏を駆けぬけていった。ラストシーン、崖に追いつめられたテルマとルイーズは力強いキスをして、車ごと崖から自由に向かって飛翔する。飛翔のまえのキス……わたしも今日出会ったばかりのこの中年男性とあのような力強いキスをしてから、自由に向かって飛翔するというのか。

「映画館で観たのはもう二十五年もまえのことだな……あのころはおれにも女房がいて、生まれたばっかりのチビ助もいて、幸福な時代だった……それがいまは老いさらばえてひとりぼっち、こんなザマだよ……幸福な時代、短いけれどもどんな人生にもそういう時代はたしかにある。なあルイーズ、あんたにもそんな時代があっただろ？」

「わたしですか？」

「あんた以外の誰もいやしねえ」

わたしはわたしの幸福な時代の記憶を思い浮かべようとした。思い浮かばなかった。どの時代のわたしもびくつき、硬直し、不安がり、青ざめ、思い浮かぶ場面の真んなかではなく端にいた。とりたてて幸福だと思った記憶はないけれど、そうするとわたしはもしかしてずっと不幸だったのだろうか。「そんなことはないよ！」いま、誰かがそう言ってくれたのがたしかに聞こえた、いや、でも本当にそうだろうか？

振り返ってみれば、まことに中途半端で地味な人生だった。脱兎の如く時間に追われ、毎日を生きるのに精いっぱいで、心を許せる友人もなく、大きな偉業も小さな偉業もなに一つとして成し遂げることができなかった……どうせ誰の役にも立たなかった人生なのだから、死ぬときくらいは誰かの役に立ってみてもいいのかもしれない。これまで生きてきたことにたいする漠然とした謝意を表明するのなら、これが最後の機会になるのかもしれない。

わたしは胸に手を当てておのれの魂に問いかけた。

さあ、おまえはこれから先のいつか、前方不注意で他人の車（その車にはハンドルを握る人間の夫あるいは妻、愛人、幼い子ども、近所のひと、恩師、犬や猫も乗っているかもしれない）に轢き殺されてその不運なドライバーと同乗者に一生の心の傷を残す人生と、いま、一人の孤独なタクシー運転手の心を静かに慰めながら死んでいく人生、どちらを選ぶ？　幸福に不幸をまきちらす死と不幸を幸福で覆いかくす死、さあ、おまえはどちらを選ぶ？

「わたしの人生に幸福な時代があったとすれば……」振り向いた運転手にわたしは言った。

「それはいま、いまこのひとときです」

「そりゃあそうだろうよ」

運転手は力強くうなずくと向き直ってアクセルを踏み、さらに車を加速させた。

「おれたちの目指す崖はな、実は伊豆半島にあるんだ。本当は八丈島まで逃げるつもりなんだが、そこまでは行けずに伊豆半島で飛翔するんだ。これを見てくれ」

朝日運転手が指差した方向を見ると、（実はさっきからうすうす気づいていたのだが）アメリカ全土の小さな地図がダッシュボードの前面に貼りつけられていた。中央からやや右下にある地域が小さな赤い丸で囲まれており、そこから左方向に蛇行しながら赤い線が延び、延びた先には大きく×印がつけられている。

「いま走ってるのがここ、アーカンソー州だ」

アーカンソー州、ビル・クリントンが生まれたホープ市を有するアメリカ南部の州……。

「それで伊豆半島がグランドキャニオンで八丈島がメキシコだ」

「わかりました」

うなずいてから妙なことに気づいた。さきほど窓から見えた青い交通看板には、神奈川ではなく甲府方面の地名が記されていたはずだ。

「すみません、方向がちょっと違っていませんか？」

「当然だ、神奈川は通らないからな」

「え？　伊豆に行くのに神奈川は通らないんですか？　伊豆半島は神奈川のしたのほうにあるんですよ」

「神奈川だけは通らない。あそこは不吉で嫌な土地さ、あそこで起きたことのせいでおれの人生は絶望的に狂い出したんだ……遠回りになるが、このまま東京を横断して山梨経由で行くぞ」

「……神奈川でなにがあったんですか」

「その話はしないでくれ」

「でも……」

「あんたには家族がいるか？」

「親と弟はいますが、それ以外の家族はいません」

「結婚は？」

「していません」

「そうか……おれの家族は女房と息子だけだ。でも二人とも、鬼畜生《ちくしょう》のようなクズ野郎にまるごとすっかり奪われちまった。もう二十年近く会っていない。噂に聞くと、女房はあいつら全員の情婦にされたあげくに心を病んで薬漬けにされ、息子はおれへの恨みからヤケを起こして地元の暴走族の総師になっているそうだ。借金まみれの親父に捨てられたんだとガキのころからさんざんホラを吹きこまれたのさ」

「そうですか……」

「おれはむかしもいまもこの仕事一筋だ。天職だと思ってる。女房とだってはじめは運転手と客として出会った。ただ世間ていうのは残酷で下劣なもんでな、制服を着て金をもらってる人間ならどこまでも卑屈になれるもんだと勘違いしやがる下衆なやつがたくさんいるんだよ。料金を踏み倒されることなんてしょっちゅうあるし、殺されそうになったことも二度や三度じゃねえ」

「そうですか……」

「鬼畜生に女房子どもを奪われて、毎日客に悪態をつかれて、そりゃあ誰だってぶちぎれたくもなるだろ？　一人になってからのこの二十年間、おれは一年三百六十五日、ずっとぶちぎれていた。自分の無力さに、それから人類の恥知らずな野蛮さにな。いつかこれを実行する日が来ると思ってたんだ。それがたまたま今日で、そんな日におれの車に乗ったのがあんただったというだけのことさ」

「そうですか……」

「『テルマ&ルイーズ』は女房と映画館で観た唯一の映画だ。あいつもあの映画が大好きだったよ。いつか死ななくちゃいけないんなら、あたしはああいう死にかたがいいってよく言ってたな。おれもまったく同感だ。いまとなってはあいつにはもうできないことを、おれが代わりにやってやるんだ」

「そうだったんですか……」

「おれの話はもういい。そろそろブラピを乗せなきゃな」

　言うなり朝日運転手は最寄りのインターチェンジで高速を降りた。それでまた思い出したが、あの映画にはヒッチハイクの青年役で、テンガロンハットをかぶった若かりしころのブラッド・ピットが出てくるのだった。大学生を自称するブラッド・ピットの正体は実はコソ泥で、それでもなお水もしたたる美しさの若かりしブラッド・ピットはテルマかルイーズのどちらかとデキてしまうのだが、いまから拾う誰かと朝日運転手かわたしのどちらかも、やはりデキてしまうのか……。

　甲州街道のガソリンスタンドで車を停めると、朝日運転手は近づいてきた店員に「レギュラー、満タンで」と注文し、制服の内ポケットからおそろいのサングラスを二つ取り出した。

「これで気分を出そう」

　一つをこちらに差し出すと、朝日運転手は「電話をかけてくる」と車の外に出ていった。

ブラピが来るのならばとわたしは後部座席を降りて助手席に移った。

西の空では夕焼けが広がっている。オレンジとピンクに染まった細い雲が、空の低いところにたなびいている。

この眺めを次に生まれ変わるときまで絶対に忘れないようにしよう、わたしは夕日からこぼれるやわらかな光の筋にかたく誓った。

今朝当たりまえのように目を覚まし、仕事に行き、昼ご飯を食べてまた仕事をした。そして当たりまえのように夕日を眺め、また仕事をし、帰宅して就寝するはずだった。でもいま目にしている夕日はもう、昨日までと同じ当たりまえの夕日ではない。わたしがこの世で眺める最後の夕日、わたしが今生《こんじょう》目にしたなかでいちばんすばらしく美しい夕日だ。

数時間後にはこの目はなにも映さなくなるのだから、いくら凝視したところで網膜を痛める心配は無用だった。わたしが消滅したあともざっと五十億年ほどは燃えつづける太陽、その五十億年後の最後の一日に太陽に残るかもしれない孤独と幸福の一片が、いまわたしのなかにあった。

「ブラピが来たぞ」

後部座席のドアが開き、リュックサックを背負った丸顔の青年が車内に押しこまれてきた。リュックサックにはピンク色の髪をしたアニメの少女のピンバッジがたくさんついていて、着ているTシャツにも同じイラストが一面にプリントされている。

サングラスをかけたテルマ風の朝日運転手は運転席に乗りこみ、キーを回した。わたしもルイーズ風にサングラスを装着して、アメリカの地図を確認した。

「もう、乱暴だなあ。あの、本当に船橋まで連れてってくれるんですよね？　本当に本当ですよね？」

眼鏡をTシャツの裾でぬぐいながら、おちょぼ口のブラピが言う。

「もちろん連れていってあげるとも」

朝日運転手は平気な顔でそう答えるけれど、わたしたちが向かうのは千葉ではなく山梨だ。

車はそれまでどおり甲州街道を夕日の方向に向かって走りはじめた。

「おい、うしろのきみ。さっそくだが身の上話をしてくれ」

「え、僕がですか？　なんでですか？」

「なんでもいいからするんだ。そういうことになってるんだからおれの言うとおりにしてくれ」

「言うとおりにしてください」

助手席から振り返って念を押すと、青年はなにやらぶつぶつ呟きながらスマートフォンに文字を打ち込もうとしている。わたしはすばやく手を伸ばしてその通信機器を奪った。青年は特に抗議の声もあげず、ただぽかんとしているだけだった。危機意識を抱きにくい世代なのだろうか、それとも彼個人の性質なのだろうか。そもそも外から見ても内から見てもこの車が一般的な無線タクシーであることは一目瞭然だというのに、なぜ彼は無償で船橋まで送っていってもらえると信じこんでいるのだろう。とはいえ最後の瞬間が刻一刻と近づくなか、これほどまでに素朴な他人の善意への信頼を目のあたりにすると、やはり胸が熱くなる。

「きみ、大学ではなにを勉強してるの？」

朝日運転手の質問に、「特に勉強してません」青年は即答する。

「でもなに学部とか、なに学科とかあるだろう」

「人文学部の……文化……なんだったかな、なんとか文化学科っていうところです」

「いいぞいいぞ。それから？」

「興味ないから、それくらいしか説明できませんよ」

車は再びインターチェンジのゲートを通過し、右車線で加速を始めていた。都心はますます遠ざかっていく。

「あのう、僕、疲れてるんで寝ててもいいですか？」

「寝てはダメですよ」

振り返って注意したけれど、後部座席の青年はすでに目を閉じかけている。ダメだ、ダメなのだ、そんな覇気《はき》のないブラピではわたしたちは魅了されない！　となるとこの逃避行は立ちゆかなくなってしまう。

「ちょっと！」

腕を伸ばして強く膝を揺すってみると、青年は面倒そうにわたしの顔とバックミラーの朝日運転手の顔を見比べてから口を開いた。

「そのおそろいのサングラスはなんですか？」

「さっきも言っただろ、そういうことになってるからだよ」やや苛立った口調で朝日運転手が答える。「きみ、この車を降りたらその足で最寄りのレンタルビデオ屋に行って、『テルマ＆ルイーズ』という映画を借りなさい」

「え？　なんですか？　テルマ？」

「テルマ！　アンド！　ルイーズ！」

助手席からわたしが怒鳴ると、青年は「はいはい」とおおげさに耳をふさいだ。

「ところできみ、強盗やコソ泥の経験があれば、そのコツをおれたちに話してくれないか」

「はあ？　そんな経験あるわけないじゃないですか」

「よーく思い出してくれ。おれたちには大切なことなんだ」

「うん、まあ……まあ、子どものころに、近くの園芸店で野菜の種を盗んだことはありますよ」

「どうやって？」

「どうやってって……店のひとの目の届かない表のラックにたくさんあったから、一つくらいならいいかなって……ほんの出来心ですよ。すぐに母親にバレて、ちゃんと謝りにもいきましたし」

「店のひとの目の届かない、表のラックか……」

「あれ？　いま看板に甲府って出てませんでした？　甲府って山梨でしょ？　山梨って東京の左のほうですよね？　船橋はどちらかというと東京の右のほうなんですけど、道、あってますか？」

「悪いが船橋には行けない」

「船橋に行かないんですか？　じゃあどこに行くんですか？」

「八丈島を目指しているが、そこまでは行きつけずに伊豆半島のどこかでこの旅は終わる。きみはそこまでは行かずに山梨のどこかですがたを消してもらう」

「えーっ……じゃあ山梨から船橋に行くにはどうしたらいいんですか？」

あきれた運転手とわたしが口をつぐむと、青年はやがて「僕、こんなのいやだ、いやだ」とだだをこねはじめ、それでも放置しているととうとうウエーンと派手にべそをかきはじめた。

見かねた朝日運転手は手を伸ばしてダッシュボードを開けた。

「これをかぶって元気を出しなさい」

　表面をコーティング処理されたパリパリのテンガロンハットを放られた青年は、言われたとおり帽子をかぶる。バックミラーに映る自分のすがたに一瞬恍惚《こうこつ》の表情を浮かべたものの、一度泣きはじめてしまったらもうひっこみがつかないらしく、号泣は止まらない。

「まったく、情けないやつだな。しかたないがここはいったん仕切りなおして別のブラピを拾おう」

　朝日運転手は再びインターチェンジで高速を降りて、最寄りの私鉄の駅に向かった。ロータリーで停まった車のドアが開くなり、青年は弾丸のように駅舎に向かって駆け出した。朝日運転手はその背中を追いかけ、うしろから肩を摑み、テンガロンハットだけをさっと取りかえしたのち青年の頰に平手打ちで活を入れると、悠然とした歩みで車に戻ってきた。

「腹が減ったから、温かいうどんでも食べようか」

　わたしは誘われるがままに外に出た。そして二人で肩を並べて駅前のうどん屋に向かって歩きはじめた瞬間、

「父さん！」

　うしろから呼ぶ声が聞こえた。

　振り返ると、糊《のり》の効いたチェックのシャツにきちんと折り目のついたチノパンを穿いた青年が立ち止まってこちらを見ている。筋骨隆々として背も高いが、ぜんたいの感じから

してさっきの青年よりもう三つ四つは若いようだ。つるりとした肌とさらさらのマッシュルームカットが、まだ少年のようなあどけなさを残している。

わたしたちのブラピになれるとしたらこんな子こそがふさわしい……黙って見ていると青年はつかつかとこちらに近づいてきて、「父さんでしょ？」と朝日運転手の腕を掴んだ。そのきゃしゃな手首には、ぴかぴか光るロレックスの腕時計が巻かれている。

「父さん、もしかしてまた映画ごっこしてるの？」

朝日運転手は答えない。

「その格好は……『ブルース・ブラザース』？　『レザボア・ドッグス』？　それとも『メン・イン・ブラック』？」

「『テルマ&ルイーズ』だ」

言うなり朝日運転手はサングラスを取って、青年に「予備校か？」と尋《たず》ねた。

「違うよ、このあたりに住んでる友だちが珍しいベンガル猫を買ったって言うからさ、わざわざ見にきたんだよ。電車で四十五分もかかったっていうのに、あんなのどこにでもいるただのヒョウ柄の猫だったよ。警戒してちっとも触らせてくれなかったし、時間をむだにしたな。いまから帰るとこだけど……ねえ、その制服とタクシー、いつもより一段と手が込んでるね。どうやって用意したの？　いくらで買ったの？」

「おまえは知らなくていいことだ」

「父さん、そんなことしてるとそのうち捕まっちゃうよ。だいたい『テルマ&ルイーズ』って、女のひとたちが二人で逃げる映画じゃなかった？　それがなんで父さんで、なんでまたタクシー運転手なの？」

「それは、こうでもしないと……誰も車に乗ってくれないだろうから……」

「ヨシコさんならいつでも乗るでしょ？　まあいいけどさ、いまうちに築地から板前さんが来てて、夕飯まえにマグロの解体ショーをしてくれるんだって。だから早く帰ってくるようにってさっき母さんからメールが来てたよ」

「そうか」

「せっかくだからその車で帰ろうよ」

そこまで言うと、青年はようやくわたしと視線を合わせてくれた。

「ヨシコさん、いつもうちの父さんの変な趣味にお付きあいいただいてすみません。よかったら、いまからうちでマグロの解体ショーを見ませんか？」

「マグロ……」呟くと同時に気づいた。もはやわたしはルイーズではない。いまからはどこの誰とも知れないヨシコになって、ヨシコとして好きなだけ新鮮なマグロを食べることもできるのだ……わたしさえその気になれば。なんて容易なことだろう。なんて愉快なことだろう。

行きます、そう口を開きかけたところで、

「いや、このひとはいいんだ」

わたしが朝日運転手だと思っていた誰かはわたしがタクシーだと思っていたなにかに戻り、ダッシュボードから茶色い封筒を取り出した。

「これは出演料というところです。今日は協力してくれてありがとう」

サングラスをはずして戻ってきた元朝日氏はわたしの右手を強引にとって握手し、手と入れ替わりに封筒と奪った携帯電話を握らせた。封筒はとても分厚く、重かった。

「ねえ父さん、僕ヒョウ柄の猫なんかじゃなくて本物のヒョウが飼いたいよ。いくらするかはこれから調べるけどさ、ねえねえ、買ってくれるでしょ？」

親子はそれぞれ車に乗りこんだ。すぐにエンジンがかけられた。そのまま走り去るかと思いきや、父親だけがドアから出てきて再びわたしの目のまえに立った。

右手の白手袋を脱いだ彼は、その手でもう一度わたしの手を握った。

「しかし信じてください。わたしは本当に、こんな人生から逃げだしたかったんだ」

二人を乗せた車は今度こそロータリーをまわって走り去っていった。

残されたわたしはサングラスをはずした。

西の空はまだ茜《あかね》色に染まったままだった。

わたしはこうして生き長らえた。五十億年にはとても及ばないけれど、わたしはまだ生きつづける。とはいえあんなかたちで夕焼けを深く心に刻んだあとでは、太陽の最後の一日の孤独と幸福を自分のうちに感じてしまったあとには、これから目にするどんな夕日もやはり当たりまえの夕日ではなくなってしまうだろう。わたしはもう二度と、かつての無頓着なまなざしで夕日を眺めることはできないだろう。

約束の時間はとうに過ぎていた。見知らぬ街、帰路を急ぐ人々の雑踏のなかで、わたしは一人きりだった。

10 お姉ちゃんがんばれ

約束の客は十分まえに帰った、そう電話口で知らされて、わたしは意気消沈して帰社の途に就《つ》いた。

帰ってしまったその客は、提携のタップダンス教室に今月入会したばかりの新米生徒さんだった。彼女のタップシューズ選びに付きあうよう、わたしは昨日先生からしつこく念を押されていた。その約束を見事にすっぽかしてしまったというわけだ。

「また出直してくると言っていたわよ」

電話の向こうの富士さんはそう言うけれども、なぜわたしの代わりに誰もシューズの相談に乗ってあげなかったのか。富士さんも在庫管理担当の伊吹さんも、かつてはわたしと同じ来客おもてなし係だったはずなのに。とはいえ犯した失態の余韻に浸っていても仕事が減るわけではない、減るどころかこうしているうちにもわたしは泥道を転がる雪だるまのようにやるべき業務で肥え太りつつある。帰ったら夜の食事会に出るまえに販売日誌を書き、今週の入荷商品を知らせるメールマガジン用の文章を考案し、来月のプロモーション企画を作成し、在庫処分セールに載せる商品をピックアップしなくてはならない。ぼやぼやしている暇はない。電車を降りたところで先生に謝罪の電話を入れ、帰社を急いだ。

半地下のオフィスの入り口には、毎年増殖していく万年青《おもと》の鉢がずらりと壁沿いに並んでいる。ドアのすぐ横には、「WELCOME」と書かれたボードを口にくわえるゴールデンレトリーバーの陶器人形が置かれている。そしてその人形の頭を、しゃがんでにやにや撫でまわしている童顔の青年がいる。

「お姉ちゃん」

こちらに気づいて顔を輝かせたのは、三つ違いの弟だった。

スーツすがたの弟は、ゴールデンレトリーバーのように口を開けて駆けよってくる。わたしは本能的に後ずさる。

「なにしてるの？」

「今日は一日外出だったんだけど、最後のアポイントがキャンセルになったんだ。本当は会社に戻らなきゃいけなかったんだけど、疲れたから戻るの嫌になっちゃったんだ」

この弟は、わたしが生まれた三年後に同じ母から生まれてきた二卵性双生児の兄のほうだった。大学卒業後は浄水器メーカーの営業部に職を得ていたが、その仕事にたいして情熱を見せたことは一度もない。弟が好きなのは家でゴロゴロしていることだった。三度の飯よりゴロゴロしていることが好きなのだ。

「なんでいるの？」

「一つまえのアポがこの近くだったから。なかで聞いたら、お姉ちゃんはもうすぐ帰ってくるって言うからさ、待ってたんだ。友《とも》も呼んだからさ、ひさびさに三人でご飯を食べようよ」

「お姉ちゃんは今晩会食があるから、行けない」

「えーっ、行けないの？　でももう、友はこっちに向かってるよ」

「じゃあ二人で行って」

「でもお姉ちゃん、おれさ、友が来るまえに折りいってお姉ちゃんに話したいことがあるんだよ。五分くらいお茶できないの？」

「まだ仕事中だから……」

「家族の一大事なんだよ！　仕事なんかしてる場合じゃないだろ！」

言うなり弟はわたしの腕を摑んで、三軒隣のコーヒーショップに向かっていく。

勝手にブレンドコーヒーのSサイズを二つ頼んだ弟は、長テーブルの隅に陣取りわたしを横に座らせた。それから「友にもここに来るように伝えるから」と言って、スマートフォンの画面を忙《せわ》しく操作しはじめた。

「なんなの？　早く会社に戻らないと……」

「ちょっと待って……これで良し」

弟はスマートフォンをポケットにしまうと、コーヒーを一口飲んでから声をひそめて言った。

「お姉ちゃん、お姉ちゃんもまずコーヒーを飲んで、落ち着いて聞いてよ」

言われたとおり、わたしはあつあつのコーヒーを一口すする。一日駆けずりまわったストレスで喉がイガイガしているが、そのイガイガに熱いコーヒーがじくじく沁みて、喉だけは天国のような心地好さだ。

いい？　いい？　しつこく何度も聞いて、用心深く左右を見回してから、弟はようやく小声で言った。

「お姉ちゃん。いまうちの家族はね、危機にさらされてるんだよ……実は、お父さんに愛人がいるんだよ」

「そんな話は聞きたくない」

「相手は誰だと思う？　それがさ、勘弁してくれよ、なんとあのみゆきの娘さんなんだよ」

「え？　みゆき？　誰？」

「みゆきはそば屋だろ！　忘れた？　むかしみんなでよく行った、あのみゆきの娘さんとだよ」

「え、あのみゆきさんと？」

「違うよ、みゆきの大将とおかみさんの娘さんのゆかりさんとだよ！　あーもう、お姉ちゃんと話してると疲れるな！　ちゃんと聞いててくれよ！」

「ちゃんと聞いてるよ。みゆきの娘のゆかりさんがお父さんの愛人なんでしょ？」

「そのとおりだよ！　それなのになんでそんなに落ち着いていられるんだよ！　ひょっとしてお姉ちゃん、知ってたの？」

「いまはじめて聞いた」

「だろうな、知ってるのはおれだけなんだ。お母さんも友も知らないんだ」

「じゃあなんであんただけが知ってるの？」

「こないだの日曜、運動公園の温室で二人が一緒にいるのを見たんだ」

「温室？」

「そうだよ、おれ、目を疑ったよ。誰もいない温室で二人はカクタスツリーを見てたんだ。すごく寄り添って、すごく親密そうに」

「見間違いじゃないの？」

「いいや、あれは絶対にお父さんだった。こっちがやましいことしてるわけじゃないのにさ、おれ、見つかっちゃいけないと思って咄嗟《とっさ》に逃げちゃったんだけど……」

「……そのあと、お父さんとは話したの？」

「いやーっ、話せるわけないだろ、お姉ちゃん！　おれとお父さんがゆかりさんのことでなにを話すっていうんだよ！」

「だってひと違いかもしれないでしょ？」

「いや、あれは絶対にお父さんだったよ。三十年も自分のお父さんだったひとを見間違うわけないだろ？　でもおれも大人だからさ、黙っていようと思ったんだけど……」

　だったらお姉ちゃんにだって話さないでほしかった。日々の業務のなかでさんざん他人の痴情《ちじょう》に振りまわされているというのに、ここにきて身内の痴話まで背負いこまなくてはならないのだろうか。いや、そんな話は断じて聞きたくない。いくら汚れた雪だるまの立場に甘んじようと、通る泥道くらいは自分で選びたい。悪しき情の流れはここでキッパリ断ち切らなくては……。

「つらいだろうけど、お父さんのために黙っててあげなよ」

「でも、やっぱりまずいんじゃないかな。だってみゆきの娘さんとだよ？　おれたち子どものころからずっと、家族みんなであそこのおそばを食べてきたじゃないか。相手がおかみさんならまだわかるけどさ、娘さんだよ？　お姉ちゃんよりちょっと年上くらいじゃないの？　お父さん、去年退職してから時間を持て余しまくってるんだ。だからそういう、手近で陳腐《ちんぷ》な恋の罠にはまっちゃうんだ」

「それはそうかもしれないけど、お父さんはいままでわたしたちを一生けんめい養ってくれたじゃない。わたしたちはもう大人になったんだから、お父さんを解放してあげようよ。お父さんにはお父さんの人生があるよ。わたしたちは一歩ひいて、お父さんをそっと見守ってあげようよ」

「お姉ちゃんは一人でよそに住んでるから、そんな能天気なことが言えるんだ。一つ屋根のしたに暮らしてごらんよ、やるせなくて気持ち悪くていてもたってもいられないよ」

「じゃあわたし、そろそろ会社に戻らないと……」

紙コップを持って立ち上がろうとすると、「お姉ちゃん！」弟はふたたびむんずと腕を摑む。

「おれ、なんだか嫌な予感がするんだよ。こういうときにはお姉ちゃんしか頼れるひとがいないんだよ。お父さんも、お姉ちゃんの言うことなら素直に聞くんだから、それとなく釘をさしてくれないか？　だって相手だって、だんなさんがいるひとなんだよ？　それはまずいよ。おれ、ご近所同士で刃傷沙汰《にんじょうざた》なんて嫌だよ」

弟はスマートフォンに父の番号を表示させ、電話をかけた。やめさせる間もなく父はすぐに応答してしまった。

「もしもし？　類《るい》？　もしもーし！」

無理やり耳に押しつけられた電話口から呼びかけてくる父の声が懐かしい。

「もしもし、お父さん？」

仕方なく応答すると、父は「ああ、お姉ちゃんか」と笑って言った。

「こっちの電話には類の名前が出てるんだが、お姉ちゃんの電話からだったのか？」

「違うよお父さん。類の電話でわたしが話しているんだよ」

「おお、そうなのか。類がそこにいるのか？」

「うん、いるよ」

「友は？」

「いまはいないけど、もうすぐ来るよ」

「……そうか」

弟はコーヒーに口をつけながら、すぐ横でじっとわたしを監視している。父親への釘のひとさしをいまかいまかと待っているようだ。でもどうしたら、そば屋の娘と温室でデートするのをやめてくれと、父が傷つかない方法でやんわり忠告できるだろう？

「お父さん、あのさ……」

「ちょうどいい。お姉ちゃんに相談したいことがあるんだ。ちょっと類に聞かれないところに行ってくれないか」

父の口調はいつになく真剣だった。わたしは秘めた恋の打ちあけ話が始まるのだと思って身構えた。電話を握っていないほうの手を広げ「来ないで」のサインをしてから、弟をその場に残して客のまばらな入り口近くの席に移動する。

「なに？　お父さん」

「友のことなんだが……」

「え？　友のこと？」

「最近どうもようすがおかしくて……」

「友が？　どうおかしいの？」

「すこしまえから、うちにやたらと慈善団体のパンフレットやゴールドカードの案内が届くようになったんだよ。ぜんぶ友宛だ」

「へえ。どうして？」

「聞いても、友は知らんぷりをしている。でも、最近急に仮病を使って会社を休むようになっていてな。仕事にたいする情熱を失ってるんじゃないかと思うんだ」

「それは類も同じでしょ。二人ともゴロゴロしてるのが好きなんだから。いまだって、類は仕事をさぼってわたしとお茶を飲んでいるんだよ」

「しかしな、最近の友は特にひどい。今日も昼前にようやく起きだしたかと思うと、寝癖も直さずによろよろ出勤していった」

「……それとさっきのパンフレットとかの話と、どう関係しているの？」

「お父さんは、友が、宝くじに当たったんじゃないかと思うんだ」

宝くじ……とはいえすぐに否定する気にはならなかった。父の口調があまりに真剣だったから。こんなに真剣に父が喋るのは遡って十三年前、庭にゴルフ場のようなグリーンを作るため二十二万円もする高級コードドレス芝刈り機を購入しようと家族全員に訴えたとき以来だ。

「それもただの当たりじゃない、大当たりだ。何億っていう、一生働かなくてもいいような金額のな」

「お父さん。いくらなんでも、それは考えすぎだと思うよ」

「でもなあ、ちょうど半年くらいまえ、友がやたらと宝くじを買いこんできたことがあってな。あのぐうたらの友が珍しく休みの日に早起きしてな、何人も億万長者を出してるっていう銀座の売り場まで出かけていったんだ。寒空のした何時間も待って三十枚買ってきたそうなんだが、お父さんたちにもプレゼントだと言って一枚ずつくれたよ。本人は三十枚と言ったが……本当のところは、もっと買いこんでいたんだと思う」

「でももし本当に大当たりだったとしたら、友が内緒にしておくはずないでしょ」

「いいや、そんなことうかうか口に出してみろ、言った瞬間すぐさま家庭崩壊だぞ。お姉ちゃん、宝くじの億万長者がその後どんな悲惨な人生を送るか知らないのか？　あまりにも巨大な幸運はカビ菌のように人間の心根に広がって、すべてを内からメタメタに破壊するんだ。よくテレビや雑誌で紹介されているだろう、一生遊んでくらせるほどの大金を手にした人間は、浪費に身を焦がしてそれまで築いてきた人間関係を失い薬漬けやアルコール依存になって破滅の一途を辿るしかないんだってな。最悪の場合、命まで失うことになるんだぞ」

「みんながみんな、そうなるわけじゃないでしょ」

「いや、お父さんにはわかる。ほかの人間のことは知らないが、友は必ずそうなる」

「本人にちゃんと聞いてみたの？」

「いやあ、どう聞くって言うんだよ。友、おまえ、宝くじに当たったのか？　なんて聞いて、あの子が正直に答えると思うか？」

「答えるんじゃないの？」

「いや、お父さんには聞けない。そんなの恐ろしいじゃないか、想像するだけでお父さんはふるえてしまう。だからお姉ちゃん、いまからそこに友が来るなら、お姉ちゃんから聞いてみてくれないか」

「え、わたしが……？」

風を感じて振り向くと、ちょうどコーヒーショップの自動ドアが開いて疑惑の弟が入ってくるところだった。

スーツすがたの友は双子の片割れとそっくり同じ、紺色のスーツに水玉のネクタイを締めている。しかし確かに父の言うとおり、類がそこそこにでもいるサラリーマンに見えるのにたいして、友は寝癖がついたままで上着は肩にあっておらず、足の運びもだらだらともたついている感じで、スーツの内部でなにか別の生物へ変態を遂げつつあるサラリーマンのようにも見える。

「お父さん、いまちょうど友が来たよ」

「そうか。じゃああとはお姉ちゃんに頼むな。できれば友と二人になったときにそっと聞いてみてくれ、最近なにかいいことがあったんじゃないか、人生を一変させる出来事が起こったんじゃないかってな。報告待ってるぞ」

電話は一方的に切れた。友は長テーブルの類に手を挙げて挨拶すると、カウンターでもぞもぞコーヒーを頼んでいる。わたしはその背後に近づき、そっと肩を叩いた。

「あ、お姉ちゃん」

びっくりした拍子に大量の小銭をカウンターにぶちまけた弟は、へらへら笑う。とても億万長者には見えないが、億万長者だからこそへらへら笑いが止まらないということもあるのかもしれない……。

「あっちで待ってるから」

友を残して長テーブルに戻ると、「ねえ、お父さんどうだった？」類がさっそく身を乗り出してくる。

「まあ……」ことばを濁したものの、わたしは億万長者になったかもしれないしたの弟のことで頭がいっぱいだ。

まさか本当に宝くじが大当たりしたとは信じがたいが、一家の大黒柱がみゆきの娘さんと温室でカクタスツリーを眺めているあいだにその息子の一人が人生から転落しようとしているのだとしたら……適切に手を差し伸べられる人間は、きっとお姉ちゃんのわたしだけだろう。

ようやくテーブルにやってきた友は紙コップのふたをとり、そこからあふれそうになっているカプチーノの真っ白な泡をせわしなくすすった。

「泡ついてるぞ」

類は弟の口のうえについた泡を見て笑っているけれど、わたしはとても笑えない。

「おまえ、寝癖すごいな」

弟たちは二卵性なので瓜二つではない。とはいえそれでもよく似ている。類のほうが両目の間隔が狭く額が広く髪の毛が太い。友の鼻は兄のそれに比べると尖っていて、頬にほくろが多い。二人とも美男ではないが好感の持てる顔をしている。まるで地中から掘り出されてきたばかりのジャガ芋のようで、並んだ二つの顔を見ていると姉としての喜びが胸にあふれてくる……幼少時はまったくわたしになつかなかったのに、実家で猫のナナちゃんを飼いはじめてから彼らはなぜだかわたしを頼るようになった。きっとナナちゃんがわたしになついていたからだ。ナナちゃんのおかげでわたしは家のなかで偉くなった。ナナちゃんが病気で死んでしまったあとも、わたしの偉さだけはなぜだかいつまでも残った。

父から聞いた話をどう切り出そうか迷っているうち、類が「おれ、トイレ行ってくる」とテーブルを離れた。するとさっきまでへらへらしていた友が突然眉間《みけん》に皺を寄せた。やっぱり、やっぱりだ、この子はもう億万長者なのだ、転落していく急勾配のぎりぎりの縁に立って、いまわたしに助けを求めているのだ……すべてを受け止める覚悟を決めたそのとき、友は「お母さんのことなんだけど」と口を開いた。

「え？　お母さん？」

「うん、お母さんのこと。類が戻ってくるまえに、お姉ちゃんにちょっと相談したいんだ……」

「なに、なんなの？」

「お母さんが、二、三年前から町の吟行《ぎんこう》サークルに入ってること、お姉ちゃんも知ってるよね？」

「え？　ああ……俳句のサークルでしょ？」

「そう。ずいぶん熱中して、月に一度の集まりは、かかさず出席してるよ……」

「うん、それはいいことじゃない」

「それだけならいいんだけど……お姉ちゃん、いま町内で怪文書騒ぎが起こってるの、知ってる？」

「怪文書？　なにそれ？」

「切手も貼ってない真っ白な封筒のなかに、また真っ白な便箋が入ってるんだ。その便箋には、芭蕉の俳句だけが書かれてるっていうんだ」

「はあ、芭蕉の俳句……」

「最初は町長とか校長先生とか、図書館長とか消防団長とか、いわゆる町の偉いひとたちの家にだけ届いてたらしい。いたずらだと思ってみんな問題にはしてなかったそうなんだけど、小学校のPTA会長の家にその封書が来たとき、会長の奥さんがバザーのあとの懇親会でこんな手紙が来たのよって話して……それは『蝙蝠《こうもり》も出でよ浮世の華に鳥』っていう句だったらしいんだけど……するとその場にいた図書館長の奥さんが、うちにも『蛇《へび》喰ふと聞けばおそろし雉《きじ》の声』が来たって話しはじめて……たまたまその場にいた吟行サークルのリーダーの松代さんが、それは芭蕉の俳句ですよって教えてあげたそうなんだ」

嫌な予感が押し寄せてくるのを感じながらわたしは先を促した。「……それで？」

「奥さんたちが話しあって、いたずら文書にご注意っていう回覧板が回ってきたんだけど……いまはもう、偉いひとの家だけじゃなくて、そのへんの普通の家にも芭蕉の俳句が届くようになったんだ。おれ、おととい隣の神保さんが郵便受けから白い封筒を取り出すところをたまたま見かけたんだけど、神保さんはおれに気づくと、いかにも恥ずかしいところを見られたっていうふうにさっと封筒を隠してた。角のカンちゃんちにも届いたそうなんだけど、このことは誰にも言うなって、カンちゃんもお母さんから口止めされてるんだって……みんなきっと、手紙に警告されてるように思ってるんじゃないかな。芭蕉の俳句に、自分が隠したい、うしろめたいものを指差されてるように思ってるんだ。自分の恥ずかしい闇を、芭蕉の俳句に暴かれると思ってるんだ」

「その手紙、うちには届いてるの？」

「それがさ……うちには届いてないんだよ」

「………」

「だから、お姉ちゃん、おれの言いたいことわかるでしょ？　おれ、これはぜんぶ、お母さんたち……あの吟行サークルのひとたちの仕業じゃないかと思ってるんだ」

弟の顔は真剣だった。弟がこんなに真剣な顔をしているのは遡って二十三年前、夏休みに家族全員で映画『ＲＥＸ 恐竜物語』を観にいったとき以来だ。

「知ってる？『十七音で世界に善を』があの吟行サークルのスローガンなんだよ。勘弁してくれよ、短冊に書かれたそのスローガン、うちの神棚にも飾ってあるんだ！　お母さんたち、俳句で世直しをしてるつもりなんだよ！」

「でもお母さんが……なんでうちのお母さんが世直しをするの？」

「わからない。でもおれ、このあいだの朝、病院に行くふりをしてすこししてからお母さんのようすを見に戻ってきたことがあったんだ。庭からなかをのぞいたら、お母さん、居間のテーブルに真っ白な便箋をたくさん広げて、一生けんめいなにか書いてるんだよ。これはもう、動かぬ証拠だよ。お母さんがなにを考えてるのか、おれにはぜんぜんわからない。お父さんは最近外を出歩いてばっかりだし、類は家ではゴロゴロしているだけで、二人ともなんであんなに鈍いんだろう、お母さんの異変にぜんぜん気づいてないみたいなんだ。ねえお姉ちゃん、どうする？　いまはまだ俳句だからいいけどさ、お母さん、このまま放っておいたらどんどん過激になって、最後には俳句じゃなくてもっと危険なものをいろんな家に送りつけちゃいそうで、おれ、心配なんだよ。おれ、どうしたらいいの？」

頭がクラクラした。

母はいったい、なにに怒っているのだろう。吟行サークルの誰かに影響されてそんな活動をするようになったのか、はたまた母の独断で行っている活動なのか。どちらにせよわたしの家族はめちゃめちゃだ。父は恋をし弟の一人は億万長者で母はテロリスト予備軍か前衛パフォーマンス・アーティストだ。どうして、いつからそんなことになってしまったのか。長女であるわたしが日々の業務にかまけて、ふるさとの家族への気遣いを怠っていたのがいけなかったのだろうか。

愕然としていると、上着のポケットのなかで携帯電話がふるえはじめた。

「もしもし？」

おそるおそる呼びかけると、「あ、お姉ちゃん？」母の明るいだみ声が返ってくる。

「さっきお父さんから聞いたけどね、いま、類と友と一緒にいるんだって？」

「うん」

目のまえで涙ぐんでいる弟を見据えながら、わたしは芭蕉の俳句を爆弾のように携えて夜な夜な家々の軒下をまわる母のすがたを思った。

「それならちょうどいい。類にね、おまえから聞いてもらいたいことがあるの。お母さんにはきっと話してくれないことだから」

「なに？」

そこにちょうど、トイレに行っていた類が戻ってきた。次から次へと問題が山積みだ。長らく家族をなおざりにしつづけたツケが、今日ここで一気に回ってきたとしか思えない。わたしは弟たちを残して、電話を握ったままふらふらと店の外に出た。

「お母さん、聞いてるよ」わたしは母に呼びかけた。「なんでも話して」

「あのね、類がね、お母さんのことまだ怒ってるんじゃないかなって」

「類……類が？」

「このあいだの日曜日、お母さん、久々に類と怒鳴りあいのけんかになっちゃったの。類があんまり家のなかでゴロゴロしてるもんだから……最初はいつものお小言だったのよ。だって類がね、お母さんが買ってきたヨーロピアンシュガーコーンのアイスを一箱、一日で一箱よ？　一人で一箱、ぜんぶ食べちゃったんだから！　それでねちねち言い争ってたのがいつのまにか類もお母さんもヒートアップしちゃってね、類の言い草があんまりひどいものだから、お母さんも最後にはぶちぎれちゃってね、いい年して、どうしてあんたはまだ高校生みたいにこの家にのさばってるの、お姉ちゃんみたいにさっさと独り立ちしなさいって言ったら、類、真っ赤になって外に出ていっちゃって……言いすぎたと思ったから、帰ってきてから謝ったんだけど、なんだかそれ以来、心ここにあらずな感じで……ねえお姉ちゃん、やっぱりお母さん、言いすぎたかしら？　謝りかたがまずかった？」

「それはね、それは……お母さん、」

「お母さん、類と面と向かうとまたヘンなこと言っちゃいそうだから手紙を書いてみようかなと思ったんだけど、どうもうまくいかなくて……それにそんなの、気持ち悪いでしょ？」

「お母さん、それはね……」

「でも友がいなくてまだ良かったわ。あの二人に一緒になって攻撃されたら、きっとお母さん、怖くてふるえちゃう。友はあの日、たしか病院に行ってたのよ。なんだか職場でヘンなウイルスをうつされたとか言ってね、いまもちょくちょく通院しているの。あの子はむかしから免疫系が弱いから」

わたしは店の自動ドア越しに、長テーブルに座っている弟たちを見つめた。二人とも黙って紙コップを握り、心配そうにわたしのほうを見つめている。

「ねえ、だからお姉ちゃん、類にそれとなく、お母さんのことをまだ怒ってるのか、聞いてみてくれない？　それでもしまだ怒ってるんだとしたら、お母さんも悪かったと思ってる、でもおまえにも問題があったんだから、お互い改めよう、っていうようなことを話しておいてくれない？　みんなお姉ちゃんの言うことだけはおとなしく聞くんだから。ね、お姉ちゃん、お願いね」

「わかったよ、お母さん」

わたしは電話を切って、弟たちのところに戻った。まず誰になにを聞くべきなのか、順番を間違えないように、コーヒーを飲みながらゆっくり、じっくり考えるつもりで……。そのときまたしても携帯電話がふるえた。オフィスの富士さんからだった。

「いまどこにいるの？　会食は七時からだからね、もうみんなで店に向かってるわよ」

すみません、すぐ行きます、すみません。頭を下げながら電話を切ると、類が言った。

「ねえお姉ちゃん、ちょっと働きすぎじゃないの？」

「そうだよお姉ちゃん、顔色が悪いよ」

確かにそれはそうだろう、わたしはちょっと働きすぎだ、当然顔色だって悪くなる。「お姉ちゃん、おれたちを見捨てないでよ」できればここからいますぐ逃げ出したい。「お姉ちゃん、おれたちを助けてよ」すべての問題に背を向けて、どこか遠くの南の国へと旅立ちたい。「お姉ちゃん、知らんぷりをしないでくれよ」そしてその温かな大地に身を埋め、あとかたもなく溶けてしまいたい。「お姉ちゃん、一人だけ楽をしないでくれよ」ああ、お姉ちゃん、お姉ちゃん、お姉ちゃん……

「お姉ちゃん、もっともっとがんばってくれよ！」

声を揃えて叫ぶ弟たちに、

「今度の日曜日には、帰るからね」

言いのこしてわたしはコーヒーショップをあとにした。

次の日曜日までに父は若い愛人と出奔し、したの弟は人生から転落し、母は危険物を隣家のポストに投げこみ、うえの弟はまたアイスを一箱食らってしまっているかもしれない。でも日曜日、日曜日にはお姉ちゃんがきっとすべてを解決してみせる。だからせめてそれまでは、夢の大地の甘やかな温みのなかにお姉ちゃんを埋めておいてほしい！　電話も車も日報もない世界で、束の間の遁走を遂げさせてほしい！

胸ポケットの携帯電話がまたふるえはじめた。

「もうなにやってるの、みんなこっちに着いちゃったわよ。はやく走ってきなさい！」

11 奥さんの漂流時代

「はい、これで全員そろいましたかしら？　それにしてもまあ最後のあなた、なんですかそんなにあわてて駆けこんできて。もう七時を十分も過ぎていますよ。今日は大目にみますけどね、うちの社員としてはつねにゆったり優雅な姿勢で、時間にはじゅうぶんな余裕をもって行動していただかないと困ります。まさかいつもそんなとるものもとりあえずといった風体《ふうてい》でお客さまのところに駆けこんだりしていないでしょうね？　はい、言い訳はもういいからそこに座って、シャンパングラスを手に持ってください」

「それではみなさん、本日も一日の業務ご苦労さまでございました。そしてお疲れのなか、今年も社長のために集まっていただき感謝いたします。僭越ながら乾杯の音頭をとらせていただきます家内の光子です。みなさんのおかげで社長もまた一年大過なく生き長らえ、本日ぶじに齢《よわい》六十三歳を迎えることができました。一年まえ、ここでみなさんに誕生日を祝ってもらったのがまるで昨日のことのようですが、二年まえも三年まえもさかのぼって十年まえの祝いの席でもわたくし、この場に立って同じことを申しておりました。それを思えば十年ひとむかし、すべてが春の夜の夢のごとし……ねえ、社長？

我々がこの事業を起こして早二十八年、創業当初の社員はわたくし一人だけだったのが、いまではこれほどの大所帯となりました。家族のように大切なみなさんのご尽力のおかげで事業は安泰、と言いたいところですが時代のグローバル化と共にひとびとの価値観と懐事情は刻々と変化し、ほかの多くの業界同様わが業界もまた先行き明るいとは言えません。しかし暗いことばかり考えていてもなにも始まらない。一寸先は闇、闇のなか他人と袖摺り合えば一触即発というようなこの時代において、仕事を通してなにを成し遂げることができるのか？　みなさんにはつねに厳しく自問自答を繰りかえしながら日々の業務に取り組んでいただきたいものです。そのためにも、今日はこのフレンチレストランで好きなものを好きなだけ食べてたっぷり英気を養ってください。前菜にはもちろん、年に一度のお楽しみ、ウニのグラタンを頼んでおきましたよ。メイン料理は肉と魚からそれぞれ一種類ずつ選べます。え、そんなに食べられない？　どちらか一つだけでいいって？　なにを言っているんですか、肉も魚も両方食べて胃袋に天地創造です」

「肉と魚は両方食べるとして、そのあとには当然デザートもついていますからね、デザートまでしっかり食べてコーヒーか紅茶でしめくくる、本日の宴では全員そこまできっちりお付きあいいただきますよ。生命力は胃酸に宿るんです。良質の胃酸をどんどん分泌していれば自ずと心身に力がみなぎってくるのです。社長もわたくしも毎日朝昼晩の三食、趣向をこらしてたっぷり食べていますしね、特に毎日二〇〇シーシーの無調整豆乳、季節の果物、三〇グラムの海藻類は必要不可欠、それに夕方三十分のウォーキングも欠かしたことはありません。とはいえやはり寄る年波には抗えず、ウォーキングの途中に暮れなずむ街の片隅でふと足を止めて、物思いにふけってしまうこともあるんです。そういうときには、胃の腑にじわじわにじみだす胃酸のことを考えて元気を出すんです。それにひきかえ、あなたがたはまだとても若い。とても若いのに、一様にくたびれて見えるのはなぜなのでしょう。一日仕事をしたから？　とりかえしのつかない失敗をした？　それとも私生活でなにか気がかりなことがあるのですか？　特に遅れてきたあなた」

「見た感じ、このなかでいちばん若そうなのはあなたですよね。二十代？　ではないですね、三十代、三十五くらい？　ああ三十三歳ですか。二度目の厄が終わったころですか。え、わからない？　だめですよ、厄の年にはきちんとしかるべきところに行って二度やってお祓いをしてもらわなくては家族にも会社にも迷惑がかかります。女の厄年は三十代に二度やってきます、前厄、本厄、後厄、それを二度繰り返すのですから女の三十代はほぼ厄です。来年は必ず、節分を過ぎたころに神社仏閣に行ってお札をもらってきてくださいよ。わたくしがあなたくらいの年には仕事が忙しくて、とてもお祓いに行く時間なんてなかった。そもそもわたくしの厄は特別で、十代の終わりから二十代の早いうちにすべてきたんです。そういうひともいるんです。その数年間わたくしはそれこそ闇、ことばどおりの闇、闇のなかに生きていたんです」

「闇のまえには光の時代がありました。わたくしが歩く道にはつねに日がさんさんと差しこみ、雨降りの日でもわたくしが一歩外に出ればたちまち晴天が広がり、スズメやハトが四方八方から蒼穹《そうきゅう》を飛び交いました。というのも、実はこのわたくし、自分で言うのもなんですがたいへんに聡明な子どもだったんです。

通ったのは田舎の小さな小学校でしたけれどね、国語でも算数でも、授業中に先生の話を聞いてときどき教科書に線を引いているだけでテストでは毎回満点に近い点数をとることができました。中学に上がって授業の内容が難しくなってくるとそれまでの単純な方法では通用しないということに気づきましたから、定期テストのたびにそれぞれの教科にもっとも適した勉強法を編み出し、その勉強法にのっとって勉強しました。勉強法の精度が上がるにつれて満点に近い点数をとれるようになりましたが、その点数もわたくしの頭の良さを表す数字ではなくて、あくまでその勉強法がどれだけ適切だったか、その勉強法に下される評価だと思っていました。つまりすごいのはわたくしではなくてわたくしの編み出した勉強法。ね、なかなかできない発想でしょう。そういうわけで、テストの結果に一喜一憂しているクラスメイトを横目に、わたくしはおのれの鋭い慧眼《けいがん》に一人ほれぼれとしていたわけです。ところがご承知のとおり、勉強の得意な子どもというのは往々にして嫌な役目を押しつけられるもの。すなわち〝優等生〟か〝ガリ勉〟ですよ。わたくしは誰の干渉も批判も受けずにただただ自分の勉強法の精度をコツコツと上げていきたかっただけなのに、卒業までその意志を貫くつもりならばけむたがられるか笑われるか、どちらかの立場を選ばなければ学校で生きづらいということにも気づきました。それならばわたくしは〝ガリ勉〟になろうと思いました。〝優等生〟になるには、学級委員やなにかの委員会の委員長などを務め、授業中にも積極的に発言しなくてはいけなかったからです。〝優等生〟は光の存在でしたが〝ガリ勉〟は闇の存在でした。闇の存在になることを自ら選択したわたくしは光のなかで戯れるクラスメイトたちとは距離を置き、一方闇の同志ともことばを交わさず……とはいえ一人机に向かって勉強法の研究に邁進《まいしん》する心の裡《うち》はいつも晴れ晴れしていました。実際わたくしが歩く道にはつねに日がさんさんと差しこみ、雨降りの日でもわたくしが一歩外に出ればたちまち晴天が広がり、スズメやハトが四方八方から蒼穹を飛び交いました」

「転機が訪れたのは高校三年生の冬のことです。これまでさんざん研鑽《けんさん》を積み重ねてきた独自の勉強法の集大成、その真価を問われる最大にして最後の日……つまり大学の入学試験日の朝、わたくしは寝坊したのです」

「意味がわかりませんでした。いったい自分になにが起こったのか？　目が覚めてかたわらの時計を見ると、起きる予定だった時間からきっかり二時間が過ぎていました。布団をかぶったまま、わたくしはしばらくその文字盤をじっと見つめていました。お母さん、なんで起こしてくれなかったの？　叫ぼうにも喉がなにかベタベタしたものでべったりふさがれている感じで、口から出てくるのは、お、お、お……という嘔吐《おうと》の一歩手前のような不気味な音だけ。起こしてと言われた時間に二、三度声をかけたんだけど、あなたがあんまり目を覚まさないものだから、お母さんが起こす時間を間違ってしまったのだと思って……そう母は言いました。目覚まし時計のアラームはセットされていたものの、どうやらわたくし自身が鳴りだしたベルを止めて、また寝入ってしまったらしいのです。寝坊のショックでわたくしはその日、一日じゅう泣いていました。というのも経済的な理由で願書はその大学にしか提出していなかったものですからね、でもまあ、必ず合格するとなみなみならぬ自信があったんですよ！　とはいえいくら泣いてみたところで過ぎ去った時間は戻ってきません。わたくしは気をとりなおし、高校卒業後は予備校にも行かずひたすら自室にこもり勉強法の精度をさらに上げていくことに集中しました。勉強の合間、ふと机から顔を上げて窓を見やると外はたいてい曇りか雨でした。一年後、わたくしは再び同じ大学に願書を提出し、入学試験の日の朝、またしても寝坊しました」

「呪われているとしか思えませんでした。一年まえの反省を生かして目覚まし時計を二台セットし、母と父には『七時に起こして』と書いたメモを一枚ずつ渡しておいたのに、目覚まし時計のうち一台は夜中のうちに電池が切れ、文字盤の針は三時五十六分を指して止まっていたのです。あとの一台はやはり一年まえと同じく、わたくし自身が目覚ましのベルを止めていたようでした。頼みの父と母はわたくしと一緒に寝坊していました。父も母も号泣する娘には一言たりとも謝らず、これはもう縁がないとしか言いようがない、大学には行くなというご先祖さまからのメッセージに違いない、などと言って、気まずそうな顔をしていました」

「その年の四月から、わたくしは一念発起して電車で一時間半もかかる都内の小さな英語学校に通いはじめました。この学校の入学試験は午後の二時からでしたので、寝坊の心配がなかったのです。在学中、わたくしは早朝に町のパン屋で、夕方からは都内のパチンコ店でアルバイトをかけもちし、学費を稼ぎました。週末にも勉強か仕事ばかりしていて、たまに外に出て散歩でもしようかと思うとたいてい雨が降り出しました。行き帰りの電車のなかでは立っていようが座っていようがつねに目を閉じて眠っていました。震動で目覚めて暗い窓が目に入るたび、もう何年も青空を見ていないような錯覚に陥《おちい》りました。朝は五時に起き布団に入るのは夜中の一時すぎ、遊ぶひまなどまったくありません。

そうしてなんとか学校を卒業したあと、わたくしは海外の学術書の翻訳を請け負う小さな出版社に就職しました。ところが半年ほど経ち、仕事にも慣れ、思いきって実家を出て都内に小さなアパートの部屋を借り、いよいよ社会人としての生活が軌道に乗りはじめたある日……わたくしは久々に寝坊しました」

「最初は上司も笑って許してくれていたのです。昼過ぎに出社するなり平身低頭して許しを乞うわたくしに向かって、誰にでも失敗はあるよ、と優しく慰めてくれたのです。もう二度とこのようなことが起きないよう気をつけます、そう誓ってことなきを得たのですが、舌の根も乾かないその三日後、わたくしはまたしても寝坊しました。そしてその翌日も、そのまた翌日も」

「そうなっては上司も笑って許すというわけにはいきません。わたくしはオフィスの別室に呼ばれ、どこかからだの具合が悪いのではないかと質問されました。その際、上司はわたくしの向かいではなくすぐ隣に座り、わたくしの手を軽く握りました。黙っていると上司はよけいに強く手を握ってくるので、寝坊してこんな目に遭うのならば寝坊癖を完全に直すべきだと思い、体調を整えるため会社をいったん辞めさせてほしいと頼みました。すると上司は手を離して今度は太ももに手を伸ばしてきたので、わたくしは立ち上がって部屋から逃げ出し、デスクまわりの荷物をまとめてオフィスを出ていきました」

「人生がうまく行きかけると、未来に続く次の扉が開きかけると、自分は必ず寝坊する。わたくしはおのれの運命を呪いました。なぜ寝坊なのか。受験のときには過度なプレッシャーにたいする身体の防御反応としての寝坊だったのでしょうし、新入社員時代の連続寝坊も都市生活に順応する過程のなかでの一時的な拒絶反応のようなものだったのでしょう。あともうすこし辛抱していれば、普通に会社員生活を続けていられたのかもしれません。でも過ぎ去った時は二度と戻ってきません。

悔しいながらも病気を疑う上司のことばが心のどこかで尾を引いて、わたくしは会社を出たその足で最寄りの心療内科を受診しました。寝坊と退社のショックで軽い鬱状態に陥っているように感じていたのですが、診察まで長らく待たされたうえ医者にははっきりとあなたは疲れているだけだと言いわたされました。こちらからの質問にはいっさい聞く耳持たず、まずはよく眠ることですの一点張りです。その後睡眠導入剤を処方されましたが、医者の不遜な態度に腹が立って薬局には行きませんでした。

外では雨が降っていました。最後の通勤電車に揺られながら、わたくしはこれまでの寝坊に関する失敗はすべて自分に非があったのではなく、あくまで方法に問題があったのだと結論づけました。なにかやりかたがまずかった。もっといいやりかたがあった。学校のテストとおんなじです、どんな結果もあくまで方法にたいする評価であって、わたくし自身にたいする評価ではないのです。

家に帰ると、わたくしはすぐに万年床に寝転がりフテ寝を始めました。目覚めたのは翌日の昼過ぎでした」

「時間を数えてみると、どうやら十九時間ぶっとおしで眠っていたらしいのです。起きたときには口のなかがパサパサで十九時間ぶりの尿の色はほうじ茶のように濃く、布団は寝汗でじっとり湿っていました。外ではいまだ雨が降りつづいていました。猛烈に空腹だったので冷蔵庫から食パンの袋を取り出し、あるだけトースターで焼いてなにもつけずに食べました。会社に行かなくていいので、顔も洗わなくて良いし服も着替えなくて良い。そうなるとやることがないので、見ていたような気がする夢を一生けんめいに思い出して夢占いの本で意味を調べました。夢のなかでなぜだかわたくしはイタリアに留学しており、駅で待ちあわせたホストファーザーに連れていかれた家は、隠し扉の向こうにプールがあったり天井裏に馬がいたり柱がすべてパスタでできていたりするからくり御殿でした。夢占いの本には『外国』『プール』『馬』の項目しかなかったのですが、それによると『外国』は旺盛なチャレンジ精神、『プール』はすきとおる感情、『馬』は精神的、肉体的なエネルギーを表すということでした。なんという吉夢！　わたくしは気持ちを奮《ふる》いおこし、この状況をどんな方法で乗りきるべきか真剣に考えはじめました。社会復帰するためにはまず、睡眠の問題を解決しなくてはいけない。すべては方法、良い方法さえ思いつけばすべてがうまくいく。考えているうちに頭痛がしてきたので頭痛薬を飲み、再び布団に横になりました。頭痛から逃れるために眠りたいのですが、すでに眠りすぎているためまったく眠くありません。こんなことならやはりあの心療内科の処方箋どおりに薬を買ってくるべきだった、そう後悔しても時すでに遅し。外はどしゃぶりの雨ですし、外出する気にもさらさらなりません。雨の音を聴いているうちにわたくしはいつのまにかことりと眠りに落ちていました」

「翌日から、日がな一日寝ては食べ、食べては寝て、という怠惰な暮らしが始まりました。不思議なもので、そうして怠惰な毎日を過ごしているうち怠惰なりに生活のリズムというものができてくるものです。起きるのは昼の三時すぎ、気が向けば閉館間際の図書館に行って新聞や雑誌を読み、野良猫にえさをやり、商店街に行って夕食の材料を買い、料理して食べる、そんな日々が続きました。野良猫にえさをやっているとときどきよろよろと近よってくるおばあさんがいて、あんたさんは井戸の幽霊に肩を摑まれておる、寝てばかりいないでしっかり生きないとダメじゃ、などと毎回気味の悪いことをしつこく言って去っていきました。なるほど、確かにそのころ寝ても覚めても肩のあたりがずっしり重いと感じていたのですが、寝過ぎで血流が悪くなっているものとばかり思っていたのです。おばあさんの言うとおり井戸の幽霊の仕業だということなら罪悪感も薄れます。眠るのは夜中の三時でした。そしてまた、きっかり十二時間眠ったところで目が覚める。もう季節は冬になっていましたので、外が明るいのは目覚めてからの二時間ほどでした。でも起きてすぐの二時間は、コーヒーを飲む以外にはなにもする気になりません。もしかしたら自分は一生このまま青空を目にすることなく死んでゆくのでは、そんな疑念が何度も胸をよぎりました。もう一度心療内科に行ってみようかとも思ったのですが、その方法は合っていないと心の奥から声が聞こえてどうも気が進みません」

「そんなあるとき、図書館の週刊誌で興味深い記事を読みました。それは子どもの成長を研究するアメリカ人医師の話で、成長期の子どもの体内時計は大人のそれより二時間遅れているというのです。思春期の子どもが朝だらだらしているように見えるのもそのせいだという。一例として、朝どうしても決まった時間に起床できないオレゴン州の女子高生アン・バッハマンのエピソードが紹介されていました。特別に強力な体内時計の影響下にある彼女は遅刻の常習犯で、周囲の非難の目に耐えきれず学習意欲も失い登校拒否に陥ってしまっていたそうです。ところが午前十一時から始まる学校に転校したとたんにバッハマンは再び意欲を取り戻し、めきめきと成績を上げて大学に進学し生物学の博士号まで手に入れ、いまでは立派な理科教師かつ育ちざかりの二児の母親だというではありませんか」

「この話を読んで、わたくしはひょっとしたら自分も第二の成長期を迎えているのかもしれないと思い発奮しました。振り返ってみれば、最初の受験の日の寝坊もきっかり二時間だった！　このアメリカ人の言っていることには真実味がある、わたくしは記事をなめるように再読しました。そして自分のからだのどこかにある体内時計の針の音に耳を澄ましました。睡眠の問題はすべてこの時計をコントロールすることで解決できる、そう確信したわたくしは帰途の道すがらさっそくコントロールの方法を考えはじめました。もし仮に、一般的な人間の体内時計が朝七時に目覚めることになっているのなら、わたくしの時計はいまのところそれより八時間遅れているのです。二時間どころではなく八時間。成長期の四倍です。再び朝型社会に適応して生きていくためには、昼の三時に目覚めるようにセットされているアラームを朝の七時にセットし直してやればいいのです。記事のアメリカの医者は、人間の体内時計は放っておけば自然と遅れるようにできている、すこし油断するとすぐに夜型になってしまいがちなのはそのせいだ、とも言っていました。そこでわたくしはひらめきました。体内時計の針は急激に動かすのではなく、その自然の遅れを利用して、すこしずつまえに進めてやれば良いのだと。つまり、寝る時間を一時間ずつずらし、起きる時間も一時間ずつずらす。今日は四時に寝て四時に起きる、明日は五時に寝て五時に起きる……これを繰り返していけば、十六日後には夜の七時に寝て自然と朝の七時に目覚めることができるはずです」

「わたくしはそうして毎日一時間ずつ、眠る時間をうしろにずらしていきました。計画は順調に進んでいきました。まるで布団のカヌーに乗って、時計の文字盤を一つずつ進んでいくような心持ちです。日ごとにカヌーは5に進み、6に進み、7に進み……もう一度7に戻ってくるまで、櫂《かい》を止めることはできません。このころのわたくしは、眠るために起きているようなものでした。目覚めているあいだふと寂しさに襲われると、世界地図を開き時計と見比べながら、いまの自分と同じ時間帯で生きているのはソビエト連邦の一部、エジプト、コンゴ、ボツワナ、ザンビア、ジンバブエ、南アフリカ共和国のひとびとだなどと思い孤独を紛らわしました。そして一度眠りにつけばもう夢さえも見なくなっていました。ようやく出発点の3に進んだときには達成感がありました。昼の三時に寝て、夜の三時に起きる。みごとに昼夜逆転したわけです。あと四日、あと四日でゴールがやってくる、そしていよいよ念願の七時にぱっちりと目が覚めた朝、わたくしの心の裡にはどっと安堵の気持ちが涌きあがり、涙が滂沱《ぼうだ》とあふれました。カーテンを開けると、そこには待ちこがれたまぶしい朝、十代のころには当たりまえに見えていたあの懐かしく美しい朝の光景が広がっていました。これでいよいよ布団のカヌーとはお別れ、上陸、上陸だ！　わたくしは嬉しさをおさえきれず、顔を洗って化粧をすると久々に会社員時代に愛用していたスーツを着込んで、どこへ行くあてもないまま明るい表通りに飛び出しました」

「ひとびとは会社に行っていました。庭に洗濯物を干していました。子どもたちは学校に行っていました。電車は動いていました。空にはスズメが飛び交っていました。雲一つない空は青く輝いていました」

「これでようやく社会復帰できる、自信を得たわたくしは本屋で求人雑誌と履歴書を買い求め、近くの喫茶店で一日かけて求人欄を読みつくし、履歴書十枚を書きあげました。ものすごい充実感でした。やりきった自分に祝杯をあげるつもりで最後にコーヒーのおかわりを頼むと、マスターが迷惑そうに近よってきて、もう閉店ですと言いました。時計を見ると、すでに八時十五分過ぎ。わたくしはあわてて帰宅し寝支度をして布団に飛び込みました。本格的に社会復帰するためには、しばらくは八時に寝て八時に起きる、このリズムをしっかりと体内時計に定着させなくてはならないのです。ところが慣れない充実感が祟ったのか、目を閉じても興奮さめやらずどうにもうまく寝つけません。あせっているうちにいつのまにか眠りに落ちていましたが、翌日目が覚めたのは朝の九時でした」

「つまりわたくしは、漕《こ》ぎだしたカヌーから降りられなくなってしまったのです。眠りの時間を一時間うしろにずらすというリズムが、いつしかわたくしの体内時計のぜんまいにすっかり染みついてしまったのです。九時に起床したその日は自然と就寝が十時になり、その翌日は起床が十時になり……そういうわけで、わたくしは再び布団のカヌーに乗って文字盤を一つ一つ進んでいかねばならないことになりました。カヌーは12に進み、1に進み、2に進み……再び出発点の3に戻ってきてもそこには留まれず、翌日には4に進み翌々日には5に進んでいきました。それから文字盤を何巡したものか、途中から数えるのもやめてしまいました。季節は春になり、夏になり、秋になり、また冬になり……わたくしはそのあいだずっと一人でカヌーを漕ぎつづけました。起きているあいだは世界地図の経度の線を指でたどり、同じ時間帯を生きる世界各地のひとびとに思いをめぐらせました」

「完全に、もうやりなおしのきかないくらいに、正しい時間からはぐれたと思いました。

完全に、方法を間違ってしまった。わたくしは孤独な時のさすらいびとでした。漕いでも漕いでもどこにも辿りつかない。目に映るものすべて、なにもかもが霧がかかったようにぼんやりしている。ふと足元に目を落とせば、光の時代の記憶が水底で揺らめいている。そのうち自分が寝ているのか目覚めているのかさえわからなくなっていきました。どこにも留まれず、行きつかず、この状況を抜け出す良い方法を考えながら、考えつかず、どこにも留まれず、行きつかず……それでも櫂を投げ出せぬまま一人時の海原を漂流しつづけていたある日、ものすごい轟音《ごうおん》と衝撃でわたくしの長い眠りは唐突に破られました」

「気づいたときには壁に大きな穴が開き、見覚えのないトラックの前面が部屋のなかにめりこんでいて、隙間からひゅーひゅー冷たい風が吹き込み、わたくしの下半身は倒れてきた洋服ダンスの下敷きになっていました。事故だ！ 事故だぞ！ 遠くから声が聞こえました。当時借りていたアパートは一本の道が二股に分かれる分岐点、アルファベットのYの字で言えば三本の線が交わる中心地点に建っていて、わたくしの部屋は一本道に面した南側の一階に位置していました。きっと一本道を走ってきたトラックの運転手が居眠りするかなにかして、垣根を轢きつぶして部屋に突っ込んでしまったにちがいありません。手足が痺れて、身動きがとれませんでした。事故だ、事故なのだ、これでついにカヌーは難破する、座礁する、沈没する、わたくしの体内時計もあと数分で止まる、長い孤独な旅がようやく終わる……そう安堵しかけたとき、しっかりしなされ！　目をつむっちゃダメじゃ!!　強く頬を叩かれハッとしました。気づくと誰かが必死にわたくしのからだを覆う洋服ダンスをどかそうとしていました。半分ほどタンスが動いて隙間ができると、そのひとはわたくしの脇のしたに手を入れ、湿って生温かい布団のなかから一気にずるっとひっぱりだしてくれました。その瞬間、わたくしは布団からだけでなく、あの果てしない時の海原からも抜け出したのです。事故当時たまたま道を通りかかりわたくしを瓦礫《がれき》のなかから助け出してくれたのは、井戸の幽霊に肩を摑まれているとたびたび警告を与えてくれたあのおばあさんでした。老人とは思えない力強さでした。あの晩はご先祖さまが夢枕に立ち、瓦礫のなかに千年その価値が衰えない珍宝が埋まっていると教えてくれたのじゃとあとで話してくれました。わたくしはおばあさんの息子と結婚しました。それがすなわちこの社長です」

「こうして暗黒時代を抜け出したわたくしは義母の援助を得て夫婦二人三脚で事業を起こし、二十八年の歴史を築きあげてきました。これからは生き馬の目を抜くような情報化社会の幕開けじゃ、事業を始めるのなら体験型レジャー産業じゃ、それもとびきり派手に華やかに付加価値をじゃんじゃん上乗せしてやるのじゃ、そうアドバイスをくれたのも義母です。命の恩人である義母は十六年前に他界しました。義母につなぎとめてもらった正しい時間のもと、わたくしはしっかり地に足をつけて、いま、この時を生きております。暗く苦しい孤独な時代は終わりました。とはいえ二十代最初のあの時代がなければ社長にも出会えませんでしたし、わたくしがここであなたがたをまえにこうしてお話しすることもなかったでしょう。あの低迷時代があってこそのいまのわたくし、そういうわけです。ですから人生には意味のないことなど一つとしてない、わたしはいまここでそのことを声を大にしてみなさんにお伝えしたいんです。……ちょっと、さっきからそこのあなた、聞いてますか？　ずっと具合が悪そうですけど大丈夫？　あわてて走ってきたからではないですか？　こういうことがあるから、時間には余裕をもって行動してもらわないと困るんです。時は金なり、とはいえ振り回されてはいけません、旅したり漂流したりするものでもありません。つねにしっかり、あなたの生きる時間にしがみついていること、杭を打って流されないこと、目覚まし時計はいっさい信用しないこと……ちょっとあなた、本当に具合が悪そうじゃないの。顔が青いわよ。お手洗いに行ってきたら？　え、ウニのグラタンが焼きあがった？　早くしないと冷める？　わかりました、そういうことならそろそろ乾杯といきましょうか。弾けていくこのシャンパンの泡、わたくしにはこの泡の一つ一つに永遠の時が見えます。それではみなさんのご健勝を願って……乾杯」

12 ジャスミン

会食のレストランを中座してわたしは一人夜の街に出た。

ざわめく大通りから細長い巣穴のように垂れさがる路地裏をさらに奥へ、より暗いほうへと進んでいく。進むにつれ道幅は狭まり両側の雑居ビルが倒れかかるように迫ってくる。追いやられた昼間の熱気が地表近くによどんで溜まり、くるぶしのあたりがもったり重かった。飲食店の裏口にはふくらんだ白いごみ袋がいくつも捨て置かれ、したから液体が滲《にじ》み出ていた。油の臭いを吐き出す換気扇の奥では外国語の怒声が飛び交っていた。とはいえこんな人工物の峡谷の底にあっても、目を閉じて鼻から深く空気を吸いこめば季節の自然のささやかな祝福が確かに感じとれる。ジャスミン、ジャスミンの香りがする。どこかの家の門戸にしだれかかって咲きほこるジャスミンの香り、みずみずしい新緑のあいだを吹きぬけ都市の片隅まで届くジャスミンの香り……。人間の鼻と目は鼻涙管《びるいかん》と呼ばれる管でつながっている。その鼻涙管を通ってジャスミンの匂いが目の内側に行きつく。目を開ければわたしの視界はジャスミン色だろうか。

　室外機の陰から肥ったネズミが二匹現れ、路地裏を駆けぬけていった。定規で引いた線をなぞるようにまっすぐ、誰にも踏まれずに。

　いつしか再び道幅は広がり、ひとびとのすがたがぼんやり暗闇に浮かびあがってきた。わたしはすれちがう彼、彼女たちの肩を摑み、どうか鼻で深く息をしてほしい、このジャスミンの香りをかぎとってほしい、そうすればあなたはすぐに幸せになれるから、と懇願したかった。

　裏道を向こうから歩いてくる通行人は誰一人として幸福そうな顔をしていない。わたしはすれちがうひとびと全員から肩を摑まれ、揺さぶられ、どうか鼻で深く息をしてほしい、このジャスミンの香りをかぎとってほしい、そうすればあなたはすぐに幸せになれるから、と懇願されたいのだった。でも本当は逆だ。わたしはジャスミンの香りなどすこしもかぎとってはいない。わ
「ジャスミンの香りがする」

　細い、歌うような女の声だった。立ち止まって振り向くと、さきほどネズミが現れた室外機の横に大きな黒い影が落ちている。

「ラッキーなことが起こりそうだね」

　笑い声が響きわたる。一つの風船を真んなかからねじったように、黒い影がぷっちりと二つに分かれる。

「はやく行こう」

そろいの黒いTシャツにジーンズを穿いた女二人がわたしを追いこしていった。二人とも小ぶりのリュックサックを背負い、黒っぽい筒状の荷物を肩から提げている。一人はショートカットで背が高く、一人は鎖骨にかかるくらいのセミロングヘアーでもう一人よりわずかに背が低かった。追いこしざまの風に、ほのかにジャスミンが香った。鼻の穴がふくらんだ。次の瞬間、胃の底から百匹のウシガエルが咆哮《ほうこう》するような特大のげっぷが噴出し、会食のレストランで口にしたシャンパンとウニのグラタンが胃酸と混じって喉に逆流してきた。

「大丈夫ですか?」

しゃがんだまま顔を上げると、行ってしまったはずの女二人がわたしを見下ろしている。

「気分が悪いんですか?」

髪の短いほうの女がペットボトルの水を、キャップを開けて差し出してくれる。受けとって一口飲んだ。水はよく冷えていた。一口では足らずに二口も三口も飲んだ。

「もっと飲みますか?」

ペットボトルは空になってしまった。髪の長いほうの女がどこかへ走っていって、同じペットボトルを手に戻ってくる。礼を言うのも忘れ、わたしはその水を無我夢中で飲んだ。

「脱水症状かもしれないね」

女たちは顔を見合わせた。髪型は違うけれども涼しげな目つきはよく似ている。そろいのTシャツの胸元には、Praesepe sisters とロゴが入っていた。姉妹なのだ。どちらが姉でどちらが妹だろう?

「救急車を呼びますか?」

首を振って立ち上がろうとしたけれども、腰に力が入らない。すると Praesepe sisters はごく自然な動作でそれぞれ筒をかけていないほうの肩をわたしに貸してくれた。

「歩いていたらきっと治りますから、大丈夫です」

そう言って歩きだしたものの、わたしはじっさいほとんど歩いていない。両隣の女たちの頼もしい肩にリフトされ、つまさきを地面にずるずるひきずっているだけなのだ。体面よりも、嘔吐のあとの虚脱状態のまま通りすがりの善人に身を任せる快さが勝ってしまった。うなだれる首のうしろで、女たちがそよ風のようなささやきを交わしているのを感じた。なにを相談しているのかはわからない、でもいつも、もうずっと長いあいだ、うなだれて孤独な人生を歩むわたしのすぐうしろでこんなそよ風が吹き交っていた気がしてならない。

そうして運ばれていくうちに両側の雑居ビルは遠ざかっていき、ひとびとの往来も再び途絶えた。静かだった。目を閉じた。しばらく行くとまたすこしにぎやかになってきた。左手になにか巨大な、そのなかに大勢のひとびとを収容できる建物がたっているという気配がする。工場か学校だろうか？　またそこで働かされるのだろうか？　目を開けて見ると公園だった。鉄製のウエハースのような門の向こうがわには、首をのけぞらせなければてっぺんまで見られない樹々の影がひとかたまりになって山のようにそびえたっている。わたしは不自然な姿勢のせいで首をのけぞらせることができなかった。なのでてっぺんまでは見られなかった。

二人は門を通って公園のなかにわたしを運んでいった。

等間隔に置かれた街灯に照らされ進んでいくこの道、赤褐色に整備されたこの道は道というよりもトラックだとかレーンといったものに近い。市民ランナーたちの軽快な足音が近づいてきてはまた遠のいていく。あるところまで来ると二人は整備された道からはずれて土の地面を踏み、膝の高さの雑草をかきわけて進んだ。ギー、と軽い音がした。

「良かった、誰もいない」

金網の扉の向こうに広がっていたのは小さな野球グラウンドだった。

敷地は周囲を背の高い樹々に囲まれて、真四角に暗く沈みこんでいる。樹々のすきまから漏れる公園の明かりによって、かろうじて隅にあるベンチやスコアボードがうっすら見てとれる程度だ。

入ってきた扉はグラウンドの後方、どうやら二塁がわにあるようだった。女たちはわたしをかついで中央のピッチャーマウンドまで進んでいき、立ち止まると荷物と一緒にわたしのからだもあっさり肩からはずし、はずされたわたしはバランスを失って地面に崩れ落ちた。砂のグラウンドはひんやりとして気持ち良かった。すぐにバサバサと音がして、見ると二人はピクニックで使うようなレインボーカラーのビニールシートを地面に敷こうとしている。シートが整うと履いていたサンダルを脱ぎ、四隅に置いて重しにした。それからわたしのからだをひっぱりあげて、シートのうえに寝かせた。

「そこでじっとしていてください」

女たちは手を休めず、背中のリュックサックからそれぞれ小さなオイルランプのようなものを取り出す。そして持ってきた筒状の包みを開け、ランプの小さな明かりのもとでなかに入っていたものを組み立てはじめる。一つの筒からは三脚のようなものが組みあがった。もう一つの筒からはさらに一回り小さい白い筒が出てきて、三脚の上部に取りつけられた。望遠鏡らしかった。おそらくはこのひとたちは天文マニアなのだ。二人のTシャツの背中には、細かな白抜き文字で三行にわたる文章が書いてあった。I am constant as the Northern Star, Of whose true fixed and resting quality There is no fellow in the firmament. ……読んでいるうちめまいを感じて目を閉じた。

「わたしは北極星のように不動だ、その千古不易たること天空に肩を並べるものはなし」

薄目を開けると、ショートカットの女がわたしのおでこに手を当てている。

「私訳ですがシェークスピアによる『ジュリアス・シーザー』からの引用です。この世で唯一にしてもっともわたしたちが共感する一節です」

取りつけた望遠鏡の端の一方を空に向け、もう片方の端を二人は交代ごうたいにのぞいた。のぞいていないほうは夜空をじかに見ていた。

「大丈夫そうだね」

「うん、大丈夫そう」

わたしも彼女たちが見ているものを見てみたかった。肘をつき上半身を起こし、ようやく膝立ちになったところで二人は再び肩を貸して立ち上がらせてくれた。両手で接眼部の周囲に触れおそるおそる目を近づけようとすると、

「待って」

女のどちらかが手のひらでわたしの目をふさいだ。

「まずは自分の目で見てください」

再び開けた視界に、髪の長いほうの女の顔がぼうっと浮かびあがる。彼女は夜空を指差して言った。

「あの木立のすぐうえです。小さな、もやもやとした白い影が見えませんか」

言われた方向に目を凝らした。なにも見えなかった。

「なにも見えません」

「すぐにあきらめないで、じっと辛抱して、よく見てください」

しばらく目を凝らしてみても、なにも見えない。

「すみません。視力が弱いんです」

「そうして種の力は失われてゆく」女は悲しそうな目をしてつぶやいた。「じゃあこちらで見てください」

導かれるまま再び望遠鏡のレンズに目を近づけると、そこには漆黒の背景に砂をまぶしたような小さな明るいつぶつぶが無数に広がっていた。中心部にはひときわまばゆく輝く大きいつぶつぶがぎゅっと寄りあつまっている。まるで天の童が手のひらいっぱいに摑んだ光のあめ玉を思いきりぶちまけたかのようだ。思わず目を離し、反対側のレンズになにか貼りつけられていないか点検せずにはいられなかった。なにもついていないようだったのでもう一度のぞいた。

「星のかたまりですよ」

振り返ると女二人が並んで微笑んでいた。わたしは肉眼で望遠鏡の先が向いている夜空をじっと見つめる。やはりなにも見えなかった。もう一度レンズをのぞいた。

「ご覧いただいているのは」女のどちらかがうしろで言った。「十八世紀以降の呼び名で言えばプレセペ星団、メシエカタログ第四十四番に割り当てられた五百光年以上彼方にある蟹座の散開星団です。百数十の若い星々が互いに引力でひきあって直径十六光年ほどの領域に集まっています。年齢は約七億三千万歳です」

「春の夜空の一角にぼんやりと広がるその白いもやは」もう一人が言った。「古くから信心深いひとびとにひとかたならぬ畏怖の念を抱かせつづけてきました。古代中国では積戸《しし》気《き》と呼ばれ、死体から立ちのぼる妖気として恐れられました。一方古代ギリシャの哲学者たちは同じもやを人間の魂が天上へ行き来する出入り口だと考えていました」

わたしはレンズ越しの星々の輝きにすっかり魅せられていた。これほどまでに美しい星々が我々人類の魂の故郷であるのだとしたら、自分も明日から誇り高く、志高く生きていけそうではないか。

「つまらない説明はここまでにして、飲みましょう」

ぐいと肩を摑まれ、レンズから引き離された。

見ると女二人はいつのまにか着替えをすませたらしく、Tシャツとジーンズではなく麻のツーピースのようなものを着ている。いや、ツーピースとも言えない、同じ素材の布きれを胸元と腰のまわりに巻きつけただけの簡素な格好だ。むきだしになった肉付きのよい豊満なからだが星明かりのもとでしっとり輝いている。

ショートカットの女がリュックサックから赤いチェックの水筒を取り出し、そこから透明な液体をとととと、と音をたててコップに注いだ。それを渡されたもう一方の女は、一口飲んでわたしに回した。飲みたくなかったけれども二人がじっとこちらを見つめているので口をつけないわけにはいかなかった。飲むふりをするつもりでぎりぎりまでコップをかたむけると、突如鼻先でジャスミンのかぐわしい香りが弾け、よく冷えた液体がひんやり上唇に触れた。飲んでしまった。ほんのりと甘く、ごくかすかに炭酸が含まれているようだった。美味だった。もう一口飲んだ。やめられなかった。

「もっとたくさんありますよ」

ショートカットの女は水筒を傾け、空になったコップを再びいっぱいに満たす。

「これはなんですか？」

「我が家の庭に咲くジャスミンで作った特製のリキュールを、薄い砂糖水で割ったものです」

「お酒なんですか？」

「カクテルのようなものですが、リキュールはほんの香りづけ程度でほとんどは砂糖水ですよ」

そう言って二人は微笑むけれども、わたしの心臓はドキドキしている。アルコールには過敏な体質なのだ。なにを飲んでも酔うまえに動悸が激しくなってきて、それでも無理して飲んでいるとたちまち胃のなかのものを戻してしまう。でもこのカクテルはあまりにおいしいので杯を空にせずにはいられない。このドキドキは心地好い。一口ごとに初恋に落ちなおしているかのようだ。

わたしは着ていたジャケットを脱ぎ、ブラウス一枚になった。

「もう気分は悪くないですか?」

そう聞く女たちの顔は心なしか毛深くなっている気がする。おでこのうぶ毛がほとんど眉毛とつながっている。顔だけではない、さっきまでつややかに輝いていた腕や胸元も、気づけば一面ふっさりとした毛に覆われはじめている。

「こんな泥舟のような世のなかでまっとうに生きようとすれば、それは気分も悪くなりますよね」

言って女は、ふっさりとした毛に覆われた腕でわたしの肩を抱いてくれた。もう一人も同じように反対がわからわたしの肩を抱いた。鼻と顎がでっぱり、目は落ちくぼんでいた。頭髪は肩の体毛と一体化してしまって、どちらがショートカットのほうでどちらがそうでないほうなのか、いまではまるきり見当がつかない。

「すっかり疲れてしまったんですね」

二人は小さな子どもをあやすように、わたしの肩をゆっくり優しく揺すった。酔いのせいなのだろうか、身を任せているうち、自分以外の生きものにこれほど優しくからだを揺すられたことはもう久しくなかった気がしてくる。もしかしたら、わたしはこうして通りすがりの善人の優しさにすがらなければもはや今日一日さえも生きとおせないのかもしれない。わたしは十一号サイズのスカートを穿いた無力な赤ん坊なのかもしれない。

「疲れてしまった、そうなんでしょう？」

「そうなんです」

答えるなり、目からぽろぽろ涙があふれる。

「そうなんです。すっかり疲れてしまったんです。なにもかもに……なにもかもに」

そうでしょう、そうでしょう、二人は涙を流すわたしの肩を揺すり、そして酒を飲ませてくれた。その温かくフサフサとした手の甲でいくら頬をぬぐわれようと、あとからあとから涙がこぼれて止まらなかった。

「一つ片付けば一つどころか二つも三つもやらなくてはいけないことが増えてしまって、終わりがないんです。がんばってもがんばってもまだ足りない。それで言わなくていいことを言ったり巻きこまれなくていいことに巻きこまれているうちに未来の時間が前借りされて、いまここにある現在がかたにとられていく。もう疲れました。もうなにもできない。なにもしたくない。幸せ探しの旅に出たい。ああ、ああ」

どの口がそんなことを言っているのだろう、不可解だ、でも動いているのは確かにわたしの口だった。

女たちの体毛がからだじゅうに押しつけられて、温かな毛布にくるまれているかのようだった。人間に撫でられているのか動物に撫でられているのか、これではすっかりわからない。でもそんなことはもうどうでも良い。向こうの暗い茂みがなにやらさわさわ揺れていると思ったら、なかから長毛の大型犬がぬっと現れた。近づいてきた犬はわたしの涙で濡れた頬を生温かい舌でヌラリとひと舐めした。膝のあたりがくすぐったいと思って見ると、銀色のペルシャ猫がその逆三角形の顔から柔らかな胴をしきりにこすりつけ、甘い声を出していた。スズメよりひとまわり小さい鳥が右の乳房の膨らみに乗ってさえずってい た。座っているピクニックシートのふちに、エメラルド色のコガネムシが一列に並んで輝いていた。わたしは生物の愛を全身に受けていた。これは良い。これは良い……

「己の役儀を良く務め不運に見舞われてもうまずたゆまず努力を続け、運命からは見放されていても自然に祝福されているあなたのようなひとを待っていました」

気づいたときにはからだを包む温かな体毛の感触は消え去り、ビニールシートをとりかこんでいた動物や昆虫たちもいなくなっていた。そのかわり、胴長の茶色いネズミのような生きもの二匹がビニールシートのふちにちょこんと四角く座っている。

「すみません、もうかれこれ二億年ほどこのすがたでいたものですから……」向かって右のネズミが小さな鼻をひくひく動かした。「あなたがたのようなすがたになったのはついこのあいだのことなんです。まだ慣れていないものですから、すこしリラックスするとすぐにここまで巻きもどってしまうんです」

わたしはネズミの声がよく聞こえるよう、シートのうえでからだを低くした。

「さきほどお見せしたプレセペ星団、あの星のかたまりが放つ白いもやを古代のひとびとは妖気や霊魂の出入り口だとみなして崇め恐れていました。ですが妖気だなんてとんでもない。霊魂の出入り口という見方は、まあ間違ってはいませんが、出ることはできても入っていくことはできません。あれは生命のダムのようなものなのです。わたしたち二人は遥か太古のむかし、この地上の生命の黎明期《れいめいき》にあのダムから遣わされてやってきたんです」

「最初はもっと違うかたちをしていました」向かって左の黙っていたネズミがチチチ、とネズミらしい鳴き声をあげる。「わたしたちがやってきた七億三千万年前、この星は巨大な雪玉のように陸地も海もすべてが氷で覆われていました。それまで地上に命の根を張りつつあったバクテリアと多細胞生物は寒さのために絶滅の危機に瀕《ひん》していました。そこでプレセペの生命のダムから遣わされたわたしたちが、ダムの門を開いてこの瀕死の星に生命を放ったのです。その成果がカンブリア大爆発です。実り多い良き時代でしたよ」

わたしは再びいっぱいに満たされていた手元のコップの中身を一気に飲み干した。ジャスミンの芳香が勢い良く全身にめぐり、からだの奥のあらゆるくぼみで白い花を咲かせた。心臓のドキドキは最高潮に達していた。これが酔いというものならば酔いを知らなかったこれまでの長い時間は取り返しのつかない損失だ。仕事であちこち飛び回っていると、ときどき生きているのが楽しくて楽しくてたまらないと言ったり行動で示すひとに行きあうことがある。どうしてだろうとかねがね不思議に思っていたが、いまならわかる、あのひとたちはただ酔っていただけなのだ。

「以来、わたしたちはずっとこの地上で生命の門番を務めてきました。つまり大きな気候変動や隕石落下がこの星の生命を脅かすたび、プレセペのダムをすこしずつ開放してきたのです。比較的長く門を開けたことは過去に五回ほどありましたが、とりわけペルム紀に起こった未曽有《みぞう》の大絶滅、あのときは本当にたいへんだった。なにしろ新たな生物多様性が回復されるまで、数百万年ものあいだ門を開放しつづけなければいけませんでしたから」

陶酔がきわまりすこし目を閉じたすきに、二匹のネズミは甲羅をはいだ亀を巨大化させたような、ずんぐりむっくりの七つ指の生きものになりかわっていた。からだじゅうを覆う鱗と小さな牙《きば》の生えたその口が、星明かりにぬめぬめと光っている。

「わたしたちプレセペの門番が必要とされるとき、それはこの星を住処とする生命にとっては悲劇の瞬間です。しかしいくらこの地上が毒素まみれの荒れ地と化そうとも、門番があの門を開けておきさえすれば必ずその時々の環境に適合する生命が息づくのです。その生命はもしかしたら、あなたがたとはまったく違うみかけをしているかもしれない。あなたがたの仲間だとは、とうていみとめがたい存在かもしれない。それでも生命であることには間違いない」

「わたしたちが最後に門を開放したのは二万年ほどまえの氷河期のこと、ですが人類がこの星の主権を握りはじめたここ数千年のあいだ、新たな開門の機会は刻々と近づいています。とはいえ老いたわたしたちはもう、長く慣れ親しんだこの星がぼろぼろになって傷つくすがたには耐えられそうにありません。これまでのように自然ではなく人類によってこの星が傷つくのなら、やはり人類がこの星を再生するべきでしょう。その任務を負うのはあなたです。とはいえさほどプレッシャーに感じていただく必要はありません、新たな生命の門番としてあなたが為すべきこと、それはたった一つ……顔を上げて、プレセペ星団の逆方向の空を見てください。東の低い空に目立つ赤い星が見えるでしょう。火星です」

確かに赤い星が見えた。今晩地球に中接近するという太陽系の内から数えて四番目の惑星、約六八七日で軌道を一周する赤く錆びた岩の星……。

振り返ると二匹は再びすがたを変えていて、いまではダンゴムシをつぶして平たくし、バスマットくらいの大きさに引き延ばしたようなかたちで地面に這いつくばっていた。

「宇宙を支配する重力の影響が幾重にも重なって……」

生きものの中央から放射状に広がる細かなみぞが、アコーディオンの蛇腹《じゃばら》のように声に連動してふくらんだりへこんだりする。

「地球と火星が接近し、なおかつ火星とプレセペ星団が九十度に近い角度を作る夜、プレセペの生命のダムはもっとも強くその力を発揮します。門番となったあなたは今後その三つの天体が九十度の角度をつくる夜ごとにこうして星の門の状態を確認し、必要時以外に門がゆるんでいないか監視しなくてはいけません。そしていざこの星の生命が絶滅に瀕し、補充が必要とされるときが来たなら……本来の任務を実行するときです」

「いまでは幸い、この望遠鏡のように高い機能を備えた文明の利器がたくさんありますから、実務にあたって便利なものはどんどん駆使してください。そのロゴTも士気を高めるためインターネットで注文して作ったものです」

二体の生きものの一部にぎゅっと皺が寄り、そこからそれぞれ一本の細長い尾のようなものが立ち上がった。その尾の先端が二本同時に、シートのうえに広げられたロゴTシャツを指ししめした。

「置いていきますから、どうぞ着てください。ああそう、それから」

ひとさし指を立てるように、尾はピンと垂直に立った。

「門の開閉については、かつては自然の砦などを用いてものものしく執りおこなっていましたが、いまでは簡素化してそこにある水筒の内蓋《うちぶた》で行っています。コップ部分のキャップをはずし、内蓋をひねることでプレセペの門は地上に向かって開きます。さきほどあなたに見本を見せるため特別に何度か開け閉めしましたから、きっと来年にはこの星の出生率は劇的に急上昇しヒトだけではなく野良猫や野良パンダも激増するでしょう。ですからいまよりもっと財源を確保して、あちこちに保育園をたくさん作っておかないと……そのほかにも問題は山積みですね」

「それから最後に一つ、絶対に忘れていただきたくない注意点があります。プレセペの門は一方通行です。すなわち、あちらからこちらへ生命の補充はできますが、多すぎたものをそこに戻すことはできないということ。加減を誤るとそれはそれでたいへんなカタストロフィが起きることになりますから、その点は本当に気をつけてください」

「それじゃあ、もう行こうか」

二体は同時にぶるると身をふるわせて尾を本体に収納すると、グラウンドの砂のうえをわずかに後退した。いや、前進したのだろうか？

「本当にいろんなことがあったね」

「いろんなことがあったね」

「でもわたしたち、わたしたちにできることを精いっぱいしたよね」

「したよね」

二体の生きものは端と端をくっつけあって、からだぜんたいに透明の液体をじんわり滲みあがらせた。泣いているらしかった。わたしは彼女たちを泣かせておいた。この腕に抱きしめるには抱きしめづらい形状をしていたのでそうはしなかったけれども、心のなかではそうしていた。

涙はグラウンドの中央に放射状にみるみる広がり、ビニールシートにも染みてきた。ふくらはぎの裏側を濡らしはじめたその液体から、水筒の酒と同じ、新緑の季節に咲きほこるジャスミンのかぐわしい香りがほのかに立ちのぼってきた。

「それでは」

からだを涙で濡らしたまま、二体は再び尾をピンと立てて、左右にもぞもぞと動きはじめる。

「門番といえどもほかの生命同様、一度やってきてしまったからにはもうあの懐かしい故郷に戻ることはできません。わたしたちはこの星が最も多様性に満ちあふれていた古き良き時代のすがたのまま、同時にわたしたちが最も慣れ親しみ居心地の良いこのすがたのまま、この星の一部となり、新たにやってくる生命を育む土壌になるつもりです。海はどの方向ですか？」

わたしは海があると思われる方向を指差した。二体の生きものはしばらく尾をそちらのほうに向けていたが、しばらくするとずず、ずず、と砂をまきこみながらぎこちなくその場で水平方向に回転し、準備が整うと再び尾を本体に収納した。

「では、あとは宜しくお願いします」

「この星の生命があなたに託されている限り、あなたは地上にたった一人、永遠に生きつづけます。ですから時間の前借りなどもう必要ありませんよ。この星の運命にも、そしてあなた自身の運命にも、決して決して屈しないでください」

さようなら、さようなら、生きものたちはからだの幅そのままに涙のあとを黒く残しながら、グラウンドの砂のうえを海の方向へ遠ざかっていった。

ビニールシートは水びたしになっていた。そこに二枚置いていかれたはずのTシャツは、いつのまにか一枚になってそのぶんサイズが二倍に大きくなっていた。

わたしは星空を見上げた。あの白いもやを、わたしに託されたすべての生命の故郷を探した。すると星々のまたたきが点滅するように突然激しくなった。

グラウンドの照明が一度にパッと点灯した。

「ちょっとあなた、ここは夜間立ち入り禁止ですよ」

振り向くと、「地域安全パトロール」と書かれた緑のたすきをかけた二人組が金網の扉のまえに立っている。

わたしの周りには書類鞄に入れて常時持ち歩いているあらゆるダンス用品のカタログが散乱していた。キャップを開けたまま倒れている特大のペットボトルの水が、折り重なったカタログとそのうえに座るわたしのふくらはぎを濡らしていた。テカテカ光る二塁ベースの近くにジャケットが脱ぎ捨てられていた。ジャケットはすこし大きくなっていた。

13 いつまでもだよ

むかし野原先生という先生がいて、野原先生はわたしのダンスの先生だった。

子ども時代に両親と二人の弟と暮らしていた一軒家は、広大な芋畑をならして開発されたニュータウンの北のはずれにあった。徒歩で一時間もかかる小学校の校門には、年に一度か二度、新興宗教の勧誘人がおもしろそうな色刷りのリーフレットを抱えて立っていた。あれはもらってはいけないものだとまえを歩く子どもたちがうしろの子どもたちへひそひそ伝え、伝えられた子どもはさらにうしろの子どもに伝えるものだから、勧誘人の差し出す冊子は無数の横目でちらりと盗み見られるだけで、どの子の手にも渡らない。それでも何人かは誘惑に負けて、あるいは子どもたちに無視されつづける勧誘人をかわいそうに思い、あるいは退屈しのぎに、なかばやけくそに、心を勝手に押さえつけてくるものへの反抗心から、うっかりリーフレットを受け取ってしまう。受け取った子どもは即座に周囲の子どもたちから距離を置かれる、まるでその子が病原菌だらけのたらいに両手をつっこんだかのように、そのつっこんだ両手で、病原菌だらけのたらいを掲げているかのように。
受け取ってはいけないものには読んではいけないことが書かれてあるにちがいなかった。幼いわたしはいつもそのいけないもの、心を乱す忌《い》まわしいものから努めて距離を置こうとしていたのに、ある日気づけば、差し出されたリーフレットをしっかりと受け取ってしまっていた。表紙にはたくさんのバラの花に囲まれて白い服を着て立っている髪の長い女のひとが描いてあった。その女のひとが野原先生に似ていた。

四歳の誕生日をむかえてまもないころだ。
わたしは母親の車に乗せられスーパーの隣に立つ巨大な消しゴムのような建物に連れていかれた。呆然としているうちにスカートを脱がされタイツとぺらぺらのショートパンツを穿かされ、同じような格好をした子どもたちでいっぱいの小部屋に放りこまれた。透明なガラスの壁の向こうで親たちが一列に並んでわたしたちを見ていた。そこに見たこともないほど大きな女のひとがドアから入ってきて、これからみんなでダンスしましょうと言った。床に置かれた真っ赤なラジカセから、たちまち忘れられない悪夢のような不穏な前奏が始まった。

印度の子どもがなりたいものは

ラジャ　ラジャ　マハラジャ……

それから毎週水曜日、わたしはこのパピヨン・ジャズダンススタジオでダンスを習うことになった。初回と同じく、レッスンの始めにはいつも同じマハラジャについての曲が流れた。前奏を聴くたびに背筋が寒くなったけれど、わたしはすぐにダンスが好きになった。音楽に合わせて手足を動かしているあいだは、一言も喋らずにすんだから。

未就学児が対象の「キッズパピヨン」クラスを教える野原先生はとにかく背が高く、髪が長く、胸も尻も堂々と大きく、ただ立っているだけでなにかをのしてきた直後のような、自信あふれる佇まいをしていた。本当に、天下にそびえたつようだった。オレンジ色の口紅を塗り、分厚い白タイツに水色のレオタードを重ねてそのうえから口紅と同じ色のオレンジのパーカーを着るのが先生のお気に入りの格好だ。レッスン中に汗ばんでくるとそのパーカーを脱いで、長い髪をポニーテールにさっと結う。大人の女のひととはこういうものだと、わたしはその迫力にいつも心打たれた。周りにいる大人の女性、母親、幼稚園の先生、近所のおばさん、親戚のおばさん、誰ひとりとしてこの先生には似ても似つかない。あなたはなんにでもなれる、ときどき周りの大人がそうわたしに諭《さと》し、わたし自身もそう信じていたけれど、唯一先生のようにだけはなれる気がしなかった。

野原先生は一挙一動が大きく、年端のいかない子どもたちに向かって不自然なくらいに快活に、誰もいない体育館でひとり発声練習をしているような調子で喋った。たぶんそれだけの理由で、親たちのあいだでは指導熱心な先生として知られていた。スタジオにいないとき、先生はガールスカウトのリーダーとしても活躍しているそうだった。ワン、エン、ツー、エン、スリー、エン、フォー、ワン、エン、ツー、エン、スリー、エン、フォー、でもわたしたち子どもからすれば、その小気味良さが、熱心さが、底抜けに恐ろしいのだ。

萎縮《いしゅく》した子どもたちがなんとなくお互いに近づきあってもぞもぞ踊っていると、余計に先生の大声と元気が目立った。余力を残して踊っている子を見つけると、先生はすばやくその子の背後に回りこみ、肩を掴み、ビスケットを割るかのように丸まった肩甲骨《けんこうこつ》を開かせ「もっと！　もっと！」と叫ぶ。時には音楽に合わせて振りつけを教えるだけでなく、レッスンの一時間をまるごと倒立やブリッジの練習に費やすこともあった。レッスンルームでは教えられたことに熱中する以外、なにもすることがない。おかげでわたしは一分間微動だにせず逆立ちをしていられるようになった。立っている状態からうしろにからだを曲げて、ブリッジをしながら蜘蛛のように教室の壁から壁へ何往復もすることができるようになった。家にいて孤独をもてあましているとき、わたしは邪魔なスカートをタイツやショーツのゴムのなかにたくしこんで、この二つの特技に磨きをかけた。

ある日母親に付きそわれてレッスンルームに入ると、見慣れない、ラベンダー色のレオタードを着た女のひとがフロアの隅で靴ひもを結んでいた。野原先生の巨体とはほど遠い、きゃしゃで小柄なひとだった。

「新しい先生だよ」

母親が言うのでわたしは驚いた。野原先生は？　聞くわたしに答えず、母親は新しい先生のところに早足で近づいて頭を下げた。新しい先生の声は野原先生の声より低くて小さかった。笑うとアルミホイルを丸めたようにくしゃっと顔がつぶれた。

野原先生は先生をやめて結婚することになったのだと帰りの車中で母親は言った。誰と結婚するの？　わたしの質問に、お金持ち、と母は答えた。お金持ち？　そう、お金持ち、うんとお金持ちとね。

わたしはすぐに納得した。野原先生はとにかく「たくさん」とか「いっぱい」とかいうことばが似合うひとだった。知っているひとが夢のようなお金持ちになることが、すなおに嬉しかった。それにしても先生と結婚するひとはどれくらい背が高いのだろう、わたしは黙って想像をめぐらせた。あの、天下にそびえたつような女のひとを奥さんにするからには、やっぱり同じくらいかさらに天下にそびえたつひとでないと釣りあわないのではないか。そう思う一方で、見慣れたレオタードすがたの野原先生がたくさんのネックレスや指輪でからだをじゃらじゃらと飾りたて、小柄で背中のまるまった小さなおじさんと連れ立って歩くすがたがはっきりと心に浮かんだ。背筋を伸ばし手を振ってのしのしと歩く野原先生の隣で、そのおじさんは申し訳なさそうに、泣きそうな顔で、汗びっしょりになって、短くて細い脚をスパゲッティのようにもつれさせながら歩いていた。

それから小学校に上がり、校門に新興宗教勧誘人が現れるようになり、受け取ってしまったリーフレットの女に野原先生の面影を見た日、わたしは家に帰ってリーフレットの表紙を母親に見せた。

「これ、誰だ？」

こたつで生協の注文票に丸をつけていた母親は、一瞥《いちべつ》して「野原先生」と言い当てた。

わたしは満足して、ブリッジをしながら壁に逆さまにたてかけた本を読む練習を始めた。

野原先生の話はこれでおしまいではない。

野原先生はとつぜんパピヨン・ジャズダンススタジオに舞いもどってきた。

リーフレットを受け取ったあの日から、それほど月日が経たないころだ。レッスンルームのドアを開けると、見覚えのある真っ赤なラジカセがフロアの中央に鎮座していた。

「こんにちは」

ラジカセの隣で仁王立ちする先生は、相変わらず自信たっぷりに、堂々とそびえたっていた。

かつて一緒に野原先生のクラスで踊ったスタジオメイトたちは、小学校入学と同時に

「キッズパピヨン」クラスから「プチパピヨン」クラスに昇級していた。とはいえやめてしまったり新たに入ってくる子がいたりして、クラスの古株はわたしを含めて三人だけだった。その一人、小関志帆ちゃんはレッスンルームの端で百八十度脚を広げ、上体をべったり床につけていた。わたしが近づいていくと顔だけを上げたけれど、その目にはかつて先生に背中のビスケットを割られるたびに浮かんだ諦めと忍耐の色がすでに現れていた。そこにもう一人の古株の中村詩織ちゃんがドアを開けて入ってきて、先生を認めるなりその目がみるみる同じ色に染まった。

「こんにちは」

向こうがわの壁一面に貼りつけてある大きな鏡を見ると、鏡のなかのわたしもやはり二人と同じ目をしていた。そのわたしの目を野原先生は鏡越しにつかまえ、目を見開き歯を見せ頬骨を上げる、普通のひとなら笑顔になりそうな表情を向けた。

野原先生が戻ってきた。

「プチパピヨン」クラスに昇級したわたしたちはもう親の付き添いなしに、教室内ではなく更衣室で着替えることになっていた。

先生が舞いもどってきた次の週、レッスン前にわたしが一人で着替えていると小関志帆ちゃんが近づいてきて、

「野原先生は結婚したんじゃなくて、ずっと旅行に行っていたんだよ」

と言った。

「先生はいま、先生のお父さんとお母さんの家に暮らしているんだよ」

先生は結婚して、お金持ちになったはずだった。お城のような家に暮らし、宝石を次から次へとつけたりはずしたりしている先生のほうがわたしは良かった。その日レッスンルームのドアを開けてストレッチをしている先生を見たとき、裏切られたような気持ちになった。先生はすこしもお金持ちではない、だからまたここで働かなくてはいけなくなったのだ。

当の先生は子どもたちとその保護者たちになにを噂されようがどこ吹く風といったようすだった。三年間の空白があったにもかかわらず、三年どころか十年も百年も千年もまえからこの教室で踊りを教えていたかのように堂々と落ち着きはらっていた。オレンジ色の口紅、白いタイツ、水色のレオタード、口紅と同じ色のパーカー、三年まえと比べてわたしは二十センチも身長が伸びたのに、先生はなにもかもむかしとそっくりおんなじだ。

「プチパピヨン」クラスのレッスンは毎週水曜日の十六時から始まる。水曜日の放課後だけは、わたしは徒歩一時間の通学路を一人で歩かずにすんだ。小学校の校門まえに車で迎えにくる母親が、そこから二十分ほどの県道沿いにあるスタジオに直接連れていってくれたのだ。何度見ても見慣れず同じように恐怖をそそられる白い建物の一階にはスイミングスクールが、二階にはパピヨン・ジャズダンススタジオが入っている。共用のロビーにはセブンティーンアイスの巨大な自動販売機がいくつも設置してあり、本体をかじりつくしてもなお白いプラスチックの棒をえんえんとしゃぶりつづける子どもたちがあちこちにたむろしている。

夕方の駐車場は保護者の車でいっぱいなので、母は隣のスーパー「ベルク」の駐車場に車を停めた。野原先生が復帰して以来、わたしはレッスンに向かう車のなかでいつも下痢になった。スタジオのトイレを借りなさいと母は言ったけれど、わたしはそれが嫌で、駐車料をただにするためにベルクで買い物をする母についていき、そこのトイレで用を足した。

ある日そのトイレの洗面台で手を洗っていたところ、ふと顔を上げてわたしは凍りついた。鏡のなかに、ぶかぶかのジャンパーを着た野原先生が顔を真っ赤に染めて立っていた。近づいてきた先生はわたしの隣の洗面台で手を洗い、無言でトイレを出ていった。

それからなのだ、なにかが変わりはじめたのは。

先生とわたしがベルクのトイレで出会ったその日、いつもならレッスンのあいだロビーのベンチで週刊誌を読んでいる母が、待ち時間を利用して歯医者に行くと言いだした。歯石をとってもらうだけ、終わるまでには戻ってくるから、確かに母はそう言った。それなのに、レッスンのあと着替えをすませてロビーに行っても母は戻っていなかった。

ロビーのベンチはアイスをかじる子どもたちに占領されていて、座る場所がなかった。わたしはすかすかのスポーツバッグを提げて誰もいない更衣室に戻った。ロッカーに挟まれたベンチに座って、そこでじっと動かずにいた。ベルクのトイレで野原先生に会ったときのことを考えていた。実はレッスンのあいだもそのことについて考えていた。正直なところ、わたしは無視されたことがさびしかったのだ。あのとき、鏡のなかで目が合ったその瞬間に先生に挨拶をすれば良かったと思った。なぜ挨拶をしなかったのか、挨拶をするとしたらどういう挨拶がふさわしかったのか、ベンチに座ってじっと考えつづけた。すると突然更衣室のドアが開いて、赤いラジカセを提げた野原先生がわたしを見つけた。

「先生、こんにちは」

わたしは咄嗟に、次に先生とトイレで出くわすことがあったらいちばんに言おうと決めたばかりの挨拶をした。でもそこはトイレではなく、スタジオの更衣室だった。先生とは十分まえにさようならの挨拶をしたばかりだ。

「お母さんは？」

先生はドアを開けたまま、入りもせず出ていきもせず、ただその場に立っている。

歯医者に行っています、その一言が言えなかった。先生と二人きりでことばを交わすのははじめてのことだった。

「いつ戻るの？」

たぶんもうすぐ戻ります、心のなかではしっかり言えているのに、どうしても口が動かない。

野原先生はそのまましばらくわたしを見つめていた。これ以上ここにいてはいけない、気づいてわたしは立ち上がった。ドアを押さえている先生の脇のしたをくぐれば、先生に触れずに外に出ていけそうだった。

「練習しようか」

先生は誰もいないレッスンルームにわたしを連れていった。

ガラスの壁を通して、通路の向こうの、やはりガラス張りになっているもう一つのレッスンルームで中学生以上の「グランパピヨン」クラスの子どもたちがストレッチをしているのが見えた。野原先生はラジカセに入っていたカセットテープを入れ替えて、ふだんはかけないピアノのクラシック音楽を流した。先生が床に腰を下ろして開脚を始めたので、わたしもまねをした。

「なにが得意なの?」

突然先生が言った。しばらく迷ってから、わたしは立ち上がり、そのまままうしろにからだを倒してブリッジの体勢をとり、教室の端から端まで歩いてみせた。終わってからだを横に倒し先生のほうに向きなおると、先生が「それから?」と言った。わたしはブリッジの次に得意な倒立をしてみせた。もっとからだが小さかったころには一分まっすぐに立っていられたのに、十秒もしないうちにバランスを崩して床に倒れてしまった。

「それから？」

わたしは先生に向かって首を振った。得意なことはもうなにもなかった。

「将来はなにになりたいの？」

先生が聞いた。

「さっきみたいに、ことばではなくからだで言ってみて」

先生の言うことがわからなかった。わたしは床に座ったまま動かなかった。

「ことばで言わずに、からだぜんぶで言ってみて」

それでもまだ動かずにいると、先生は近づいてきて、わたしの腕を摑んで無理やり立ち上がらせた。

「誰も見ていないから。恥ずかしくないから。なにも言わなくていい。先生が当ててあげる。やってみて」

ガラス張りの向こうの教室では、グランパピヨンの子どもたちが足を上げて踊っていた。わたしはそこに背を向け、壁の鏡にも目をくれず、まっすぐ先生に向きなおった。それから覚悟をきめて自分の頭に手をやると、そこに先生の頭に結われたポニーテールがあるかのように、見えない髪をさわってみせた。それから先生の巨大な胸のふくらみをまねて自分の胸のまえに二つの山を作ってみせた。それから先生の太くて長い脚をまねて、自分の腰のしたに二本の丸太を伸ばしてみせた。

トイレで出くわしたときのように、先生の顔はみるみる真っ赤に染まっていった。鏡を見ると、わたしの顔も同じくらいに真っ赤だった。いますぐにそこから逃げ出したかった。

「すみませんでした、歯医者が長引いてしまって……」

ドアを開け、ぴかぴかの歯を光らせた母親がレッスンルームに入ってきた。

さようならも言わぬまま、わたしは母親に肩を摑まれて部屋を出ていった。汗ばんで、顔を赤く染めたままの先生を一人残して。

二度とあんな目に遭わないように、わたしはベルクのトイレで用を足すことをやめた。レッスン中に歯医者に行くことはやめてほしいと母親に頼んで、母親もそのとおりにした。それなのに先生はわたしを見逃してはくれなかった。

レッスンが終わって子どもたちが更衣室に駆けていくとき、その群れのなかに先生がどしどしと踏みこんできて奥へ逃れようとするわたしの両肩を後ろから摑むことがあった。居残りなさいというサインだ。最初は月に一、二度だけのことだったのに、いつしかそれが毎週の習慣になっていた。ほかの子どもたちのわたしを見る目が変わった。たびたび起こる居残りのせいで、わたしはどうやら先生のお気に入りだとみなされたようだった。大人同士では話がついているらしく、どれほど遅くなっても母親が心配してレッスンルームをのぞきこんでくるようなことはなかった。

「ちゃんとあると思っているんでしょうが、その顔はあなたの顔じゃないんだよ」

最初の居残りのとき、先生ははっきりそう言った。わたしは壁の鏡を見た。そこにはちゃんと、見慣れた自分の顔が映っていた。眉毛と目と鼻と口と耳があって、なにもないところには皮膚がある。意味がわからなかった。でも先生はこの顔についてなにか良くない印象を持っている、それだけはわかった。それだけのことで深く傷ついた。

「いつも思ってた、この子には自分の顔がないって。あなたの顔はいつも、そばにいる誰かの顔をまねているだけ。顔だけじゃなくてからだもそう。でもそれは才能だから、特訓をしてもっと鍛えればいい。いまから先生は銀行で働くひとになります。あなたは銀行強盗。でもことばは喋っちゃダメ。からだと顔の表情で銀行強盗になりきるの。わかった？」

わたしの返事を待たず、先生はきちんと椅子に座って正面の壁を見据えた。先生は銀行員になったのだ。

銀行強盗ならお昼のテレビ映画で観たことがあった。銀行を強盗するひとはピストルを持って窓口に座っているひとを脅し、金庫の金を出させ、逃げる。頭のなかで順番にこうするというふりが決まっていて、そのとおりに手足を動かすのだから、音楽があるかないかの違いだけで、やっていることはダンスの振りつけとあまり変わらないのかもしれなかった。

先生の沈黙と凝視がわたしをその場に一人にした。やがてわたしはなにもしないで立ちすくんでいることに耐えきれなくなった。勇気をふりしぼり、見えないピストルを先生に向かってかまえ、金を入れるための見えない袋を先生に向かって投げた。すると先生はおびえた表情を浮かべて背後にある見えない金庫を開け、見えない札束を見えない袋におさめ、ぷるぷるふるえる手でわたしに差し出した。わたしはピストルをかまえたまま、見えないドアに向かって後ずさりし、ドアに近づいたと思ったところで向きを変えて全速力で走った。上手にできたと自分では思った。立ち止まって振り向くと、先生はまだ椅子に座ったままでいた。

「これで終わりじゃないからね」

居残りの時間はそうして過ぎていった。

パン屋さん、おまわりさん、アナウンサー、サッカー選手、スーパーの店員、バスの運転手、フランス人、お相撲さん、コックさん、総理大臣……わたしは求められるがまま、毎回いろんなひとのふりをしてみせた。なんのための〝特訓〟なのかはさっぱりわからなかったけれど、先生のどんな指示にも応えられるよう、テレビに映るひとびとや街ゆくひとびとを注意深く観察して、家で一人ふりの自主練習をするようになった。

レッスンルームで成果を披露しているあいだ、見ている先生は良いとも悪いとも言わなかった。最初のうちはわたしの役割に応じて先生も役割を持っていたけれど、途中からはなにもしなくなった。ただじっと座って、わたしの動きを見つめているだけだった。

「最近野原先生のようすがおかしい」「まえはえこひいきなんかするひとではなかったのに」「オーナーと折り合いが悪いみたい」「先生は芸術家肌だから」「先生はもうすこし痩せたほうがいい」レッスンルームの外ではそんな声も聞いたけれど、すこしも気にならなかった。わたしは何事にも熱中しやすいたちだった。陰口を言うクラスのほかの子どもたちは、とても先生が求めるレベルには達していないのだ。でもわたしは選ばれた。先生に選ばれた。このダンススタジオのなかで唯一先生と自分だけが本当にやるべきことをやっているという自覚がわずかながらも芽生えていた。

　とはいえ先生が求めることに忠実であればあろうとするほど、気づかないわけにはいかなくなった。パン屋さんがパン種をこねているときのふりは、心臓のマッサージをするお医者さんのふりとだいたい同じだった。銀行強盗がピストルをかまえるときのふりは、旗を上げる審判のふりとだいたい同じだった。運転手がハンドルを握っているときのふりは、乳搾《ちちしぼ》りをする農家のひとのふりとだいたい同じだった。つまり世のなかには似ている動きがたくさんあるということだ。胴に二本の脚と二本の腕がついていて、そのうえに頭が載っている人間の動きをまねているかぎり、似てしまうのはしかたないのかもしれない。どんなにがんばっても、誰かと誰かはそんなに違えないのかもしれない。そう気づいて徐々にやるきをなくしていったわたしを先生は見逃さなかった。

「どうしたの?」

〝特訓〟が始まってから、すでに半年近くの時が経っていた。その日わたしに指示された役は「観客」だった。

わたしは壁際の先生の真向かいに座り、観客のふりをしていた。目のまえで繰り広げられている楽しいなにかに夢中で見入っている観客のふり……。観客のふりをしているわたしは目のまえに座っている先生とそっくりだった。わたしは観客ではなく、先生のふりをしているのかもしれなかった。

「つまらなくなった?」

わたしは黙って首を横に振った。

「そうやってじっと座っているだけじゃ、なにをしているかわからないよ」

わたしはもっと観客らしくなろうと拍手をした。拍手を打ちならした。合わせ鏡のように、なぜだか先生も一緒に拍手した。

「もうやめようか」

先生は首を振って、手で空を切るような動きをした。思わずわたしも同じように手で空を切った。

「気づいたの? いま、あなたが先生のふりをしたように、先生はここでずっと、あなたのふりをしていたんだよ。今日だけじゃなくて、先週も、先々週も、ずっと」

先生は立ち上がって椅子をひきずり、わたしと膝がぶつかるくらいの近さに座った。嫌な予感がした。聞くまえから忘れてしまいたいようなことばの気配が、オレンジ色の唇の向こうにうんとたくさんつまっていた。

「あなたのふりをしているとしみじみ、先生は先生の小さかったころを思い出す」先生はわたしの目をじっとのぞきこんだ。「先生が、先生以外のなんにでもなれたころを思い出す。先生は宇宙飛行士になりたかった。フランス人にもなりたかった。でも先生は、こうして先生になってしまった。それでもいま、宇宙飛行士になった自分のことを考えてみるとき、いまの先生の時間は止まってそこになれたかもしれない宇宙飛行士の時間が継ぎ足しされて、止まった先生のいまの時間は永遠に引き延ばされる。つまり無限、先生は無限の時間を生きることになる」

先生はからだをかがめ、釘にお椀をかぶせるようにわたしのとがった両膝を手のひらで覆った。逃れようとしたけれど、先生の力は強かった。

「この小さな膝のなか、そこを流れる血管にだって無限の複雑さが織り込まれている。知ってる？　あなたのその小さなお腹にある腸には細かな絨毛《じゅうもう》が生えていて、その絨毛にはさらに細い絨毛が生えているんだよ。だからあなたの小さなお腹のなかには無限の長さが存在している。血管と腸が無限なだけじゃない、あなたの存在だって似たようなもの、だってあなたという小さな人間のかたちのなかに、あなたがこれまでどこかで見かけた、あるいはいつかなるかもしれないパン屋や総理大臣や酪農家のかたちがあるのだから。あなたはこれから出会うすべてのひとのかたちを、あなたのなかに取りこんで生きる。あなたが取りこんだ誰かのかたちには、その誰かがかつて取りこんだ誰かのかたちがあり、その誰かも誰かのかたちを取りこんでいる。だからあなたは無限のひとのかたちを保って生きることになる。そのために小さなあなたはあなた一人ではなくて、無限のひとの集まりとして生きることになる……」

ほとんど独り言のような先生の長い話を、わたしは黙って聞いていた。

先生はきっと具合が悪いのだ。これ以上そこにいたら、先生はわたしにたいしてなにか取り返しのつかない過ちを犯してしまいそうだった。先生が犯さなければわたしが犯すだろうと思った。だからいますぐ逃げ出さなければ。でもこんなにも真剣に、額に汗の粒を浮かべながら悲痛な面持ちで喋る大人の言いぶんを、すべて無視してしまうことなどできなかった。先生の話をわたしはほとんど理解していなかった。でも先生が、わたしに用意されているこれから先の未来の時間に起こりえるなにか、知っておかねばいけないなにかについて話していることだけはわかった。わたしを見つめる先生の目は誰かの目とそっくりだった。確かに見たことがあった。それは割れたビスケットを背負って踊る子どもたちの目、諦めることと耐えることを同時に知る、あの子どもたちの目だった。ぱりんと音がして先生の目が割れた。

「先生、もう帰ってもいいですか？」

そして再び音楽が始まった。

その週末、わたしは家族旅行で出かけた海辺の街で足首を捻挫し、二ヶ月のあいだレッスンを休んだ。

二ヶ月ぶりにスタジオのドアを開けると、見慣れないミント色のレオタードを着た女のひとが真新しいCDラジカセの隣にかがんで靴ひもを結んでいた。わたしはそのひとのところにいって自分の名前を言い、宜しくお願いしますと頭を下げた。

レッスンが終わったあと、小関志帆ちゃんが近づいてきて言った。

「野原先生は外国の大学に行くことになったんだよ」

志帆ちゃんは嬉しそうで得意そうだった。

「帰ってきたら、野原先生は数学の先生になるんだよ」

一日の終わり、うなだれて歩む人気のない暗い家路の途中で、わたしは過ぎさりつつある今日の時間を振り返る。

なんて長い一日だったのだろう。

でもこうして今日を、今日起きた出来事を、今日出来事が起きたときに思い出した出来事を思い出しているかぎり、今日という一日は永遠に引き延ばされていく。

終わりがない。いつまで続くのかわからない。わたしは永遠に家に辿りつかず、すがたの見えない無限の他人を引きつれてこの細道を歩むしかない。

「帰れるわけない。いつまでも続くんだから」

なぜならあの日、デッキのボタンを押した野原先生は言ったのだ。

「いつまでもだよ」

そう先生は言ったのだ。

解説　星座はどうして踊るのか

小山田浩子

　結婚して間もないころ夫に聞いた話がある。幼い夫は縁側に祖母といた。二人は庭を見ていた。朝からの雨に庭は濡れて黒かった。垣根の手前あたりに見慣れないものがある。庭石かと思ったが違った。植物でもなかった。巨大な蛙《かえる》だった。こちらに尻を向け、ずんぐりむっくりしているものの背中にしゅんと切り立った峰のような筋が走り、どう見ても、周囲の植物や垣根との位置関係距離感を測ってもあまりに大きい。ちょうど自分くらいの子供が土下座するようにうずくまったらあんな風に見えるのではないか。筋肉と粘液が感じられる皮膚が雨に打たれ震え、いや、雨粒によってそう見えるだけで蛙は動いていないのかも、でも作り物ではない。さっきまでこんなのいなかった、祖母もそちらを見ているらしいのになにも言わない。驚いている風でもない。ねえおばあちゃんあの、かえる、言いたかったが言えなかった。以来夫は今でも蛙が怖い。私も蛙の話をした。ある夏の自由研究テーマを蛙にした。何匹も捕まえ飼って実験した。体色が変わるところを見るため小さい緑の蛙を灰色の敷石に載せコップをかぶせ逃げないよう重石《おもし》をした。なかなか色が変わらないので別のことをし、次に見ると死んでいた。多分酸欠、水分不足？　外傷はないのに一目でもう死んでいた。触るとなお死んでおり水につけてもなおなお死に、濡れた両頬を押し尖った口を開けピンクの舌に虫を載せてみたがもちろん死んだままだった。手を離しても口から舌がはみ出した。体は灰色がかったような、でもまだ緑だった。死んだことは伏せ色は変わりませんでしたと確かノートには書いた。夫は黙って首を振った。

そんなような、忘れ難い、普段は忘れていてもふと思い出し頭を離れないような記憶が、誰にも、いくつも、あるはずだ。十三の連作短篇が収められた本書はこんな風に始まる。

今朝、わたしを自転車で轢きそこねた男子中学生が側溝に転がったわたしを見下ろし舌打ちついでに「すいませんでした」と謝ってきたとき、わたしはおばあさんの飼っていたちゃぼのことを思い出した。（1　ちゃぼ）

幼い「わたし」は大好きな祖母がかわいがっているちゃぼが恐ろしくてたまらない。薄暗く得体の知れぬ気配に満ちた家の裏に置かれたケージの中で、重なり合いひしめき一かたまりに見えるちゃぼ……祖母に無理やりちゃぼに近づけられ、彼女は走って逃げて車に轢かれかける。ちゃぼはどんどん卵を産み、それは彼女のうどん（祖母がじごくと呼ぶ、細うどんにめんつゆと七味唐辛子を大量に振りかけたもの）の上に割り落とされる。日に日に二つ三つと増えていくちゃぼの生卵、時折ちゃぼは脱走し祖母は捕獲する。ある日、一人でちゃぼケージに入り卵を取ってくるよう命じられ、彼女は決死の覚悟で裏へ行く。

顔を上げると、崩れ落ちそうなケージの網目のひとつひとつに食い込むように、なかにいるちゃぼが、ちゃぼが、いっぱいに膨らんでいた。（略）わたしは必死にもがき、ようやく一羽の脚を摑み、巨大なかたまりからブチッともぎとった。（1　ちゃぼ）

それから、大人になった「わたし」の長い一日が語られ始める。自分の人生を地味でみじめでみすぼらしいと感じながらもダンス用品販売会社従業員の職務を真面目に全うしようとする彼女に次々おかしなことが起こる。クライアント宅の幼女に交番に行くよう命じられ、見知らぬ男に怪しい取引を持ちかけられ宇宙から来たと語る存在に遭遇し等等等等。

ユキはさっき父親にしたのと同じようにわたしの首にしがみつき、耳元でささやいた。／「お願い……ユキたちのママになってくれる？」（5　わたしの家族）

「あんたはおれの最後の客だよ」／いきなり言われて飛び起きた。（略）／「一緒に死のう」朝日運転手は悲しげにフフフと笑うと、ウィンカーを出して交差点を左に曲がり、首都高のインターチェンジに進入した。／「運転手さん、高速は使わないでいただきたいんですが」（9　テルオとルイーズ）

彼女が急いでいようが断ろうがお構いなく絡んでくる客、家族、赤の他人……「わたし」はその度もがき、途方にくれ諦めどうにか切り抜け気づけば次の椿事《ちんじ》に巻きこまれ始めている。そのさまは一見笑いを誘うドタバタ劇のようにも読めるがそれだけではない。最後の短篇「13 いつまでもだよ」で、いろいろあった長い一日を終え帰路についた彼女はちゃぼのころより少し成長した自分とダンス教師とのやりとりを思い出す。先生は「わたし」には「自分の顔がない」と言う。顔もからだも誰かのまねをしているだけだと。だったらそのまねをもっと鍛えよという先生の指示に従い、彼女は銀行強盗やパン屋、医者などさまざまな人のふりを特訓し始める。素直に特訓に励んでいた彼女はある日気づく。そもそもふりとはなにか？　誰かが誰かに似ている、あるいは違うとはどういうことか？

私は私である、誰かが誰かであるというのは簡単なことではない。出身地、性別学歴職歴、趣味や肌の色などプロフィール設定や情報をいくら積み重ねても私は立ち現れてこない。私を私たらしめているのはそういう情報ではなく、これまで積み重ねてきた経験や記憶の蓄積であって、日々の経験の多くを忘れながら生きている私たちには、それでもときどき、忘れられない、あるいは、忘れていても急に思い出し頭に残り続けるような記憶があって、たとえばちゃぽ、蛙、誰かが自分を見たときの眼差し、耳を離れぬ童謡……それら忘れ得ぬ記憶によって、私は他の誰でもない私になる。だからこそ、日々成長し老化しながらも、今までがゼロになったり上書きされたりはせず自分は自分でい続ける。私たち夫婦が交換した蛙の話のように、その存在をいわば象徴するような、誰かのことを知ったと感じるのは、つまりはそんな特別な記憶に触れたときなのではないだろうか。

魅力的なキャラクターや設定を作りこみその関係性を愛でるような作品は多い。それらは共感を呼び読者を楽しませたりするだろう、が、本書はそういう作品とは一線を画す。「わたし」のプロフィールはほとんどわからない。年齢、骨太な体格、家族構成がわかる程度で、どういう外見で趣味はなにかなど、キャラクターとして把握できる情報は多くない。それなのに読み進むにつれ、この「わたし」という存在が、こちらに体温や体臭まで感じられるような強烈な存在感で立ち現れてくる。それは、本書に並ぶ、彼女の朝から夜までを描いた十三篇全てで、「わたし」を「わたし」たらしめるような特別な記憶、そんな記憶となるだろう特別な出来事ばかりが語られているからなのだ。もちろんそんな風に特別な出来事ばかり起こる一日なんてありえない、荒唐無稽、でも面接でSNSで立ち話で、それが最も重要なことかのようにプロフィール情報をやりとりし、外見や国籍や性別で判断し合わずにいられない毎日を送る私たちに、唯一無二の記憶によってのみ私は私になれるのだと教えてくれる、本作は豪快かつ繊細なアクロバットなのだ。ちゃぼのかたまりから一羽引きずり離した幼い記憶と、自分も他人ももしかして誰でもないなんでもないのではないかという、大人になった彼女をも支配する慄《おのの》きのようなものを受け取った少女時代の記憶が最初と最後に置かれていることで、地味でみじめでみすぼらしいはずの「わたし」の今日一日の出来事が連なり輪を閉じ一つの輪郭を描き輝き出す。特別な記憶と記憶を結び「わたし」が「わたし」になる、それは光る星を繋《つな》げ夜空に星座を描くことと似ている。紙の上の星図は平面だけれど、夜空はつまり宇宙は世界は限りなく広く深く無数の星を含んでいる。記憶を繋げ形作られたいくつもの「私」座がそこにはあり、空を指し星を繋ぐ線は入り組み干渉し離れ、さながら星座が踊っているような光景だろう。踊るということは生きること、読者である私たちも、世界で踊り続けているのだ。

（おやまだ・ひろこ　小説家）

『踊る星座』二〇一七年十月　中央公論新社刊

中公文庫

踊《おど》る星座《せいざ》

2020年7月25日　初版発行

著　者　青山《あおやま》 七恵《ななえ》

発行者　松田 陽三

発行所　中央公論新社
〒100-8152　東京都千代田区大手町1-7-1
電話　販売 03-5299-1730　編集 03-5299-1890
URL http://www.chuko.co.jp/

ＤＴＰ　嵐下英治
印　刷　三晃印刷
製　本　小泉製本

Published by CHUOKORON-SHINSHA, INC.
Printed in Japan　ISBN978-4-12-206904-6 C1193

各書目の下段の数字はISBNコードです。978－4－12が省略してあります。

中公文庫既刊より

あ-80-1
あかりの湖畔　青山七恵
湖畔に暮らす三姉妹の前に不意に現れた青年。運命の出会いが、封じられた家族の「記憶」を揺さぶって――人生の小さな分岐点を丹念に描く傑作長編小説。
206035-7

ま-51-1
おばちゃんたちのいるところ Where The Wild Ladies Are　松田青子
追いつめられた現代人のもとへ、八百屋お七や皿屋敷のお菊が一肌ぬぎにやってくる。お化けの妖気が心のしこりを解きほぐす、ワイルドで愉快な連作短篇集。
206769-1

か-81-1
発光地帯　川上未映子
食、夢、別れ、記憶……何気ない日常が、川上未映子の言葉で肌触りを一新させる。心のひだに光を灯す、切なくも温かな人気エッセイシリーズ第一弾。
205904-7

か-81-2
魔法飛行　川上未映子
お米のとぎ汁で大根をゆでる日がくるとはなあ――『きみは赤ちゃん』の川上未映子が大震災をまたぐ波瀾の一年を綴る、日記的エッセイシリーズ第二弾。
206079-1

か-81-3
安心毛布　川上未映子
ふつうに人生を生きてゆくことが相も変わらぬ椿事――妊娠・出産・子育てと、日常に訪れた疾風怒濤の変化を綴る日記的エッセイ三部作、ついに完結。
206240-5

お-51-1
シュガータイム　小川洋子
わたしは奇妙な日記をつけ始めた――とめどない食欲に憑かれた女子学生のスタティックな日常、青春最後の日々を流れる透明な時間をデリケートに描く。
202086-3

お-51-2
寡黙な死骸 みだらな弔い　小川洋子
鞄職人は心臓を採寸し、内科医の白衣から秘密がこぼれ落ちる…時計塔のある街で紡がれる密やかで残酷な弔いの儀式。清冽な迷宮へと誘う連作短篇集。
204178-3

お-51-3
余白の愛
小川洋子
耳を病んだわたしの前に現れた速記者Y、その特別な指に惹かれたわたしが彼に求めたものは。記憶と現実の危ういはざまを行き来する、美しく幻想的な長編。
204379-4

お-51-4
完璧な病室
小川洋子
病に冒された弟と姉との最後の日々を描く表題作、海燕新人文学賞受賞のデビュー作「揚羽蝶が壊れる時」ほか、透きとおるほどに繊細な最初期の四短篇収録。
204443-2

お-51-5
ミーナの行進
小川洋子
美しくて、かよわくて、本を愛したミーナ。あなたとの思い出は、損なわれることがない——懐かしい時代に育まれた、ふたりの少女と、家族の物語。谷崎潤一郎賞受賞作。
205158-4

お-51-6
人質の朗読会
小川洋子
慎み深い拍手で始まる朗読会。耳を澄ませるのは人質たちと見張り役の犯人、そして……。しみじみと深く胸を打つ、祈りにも似た小説世界。〈解説〉佐藤隆太
205912-2

か-57-1
物語が、始まる
川上弘美
砂場で拾った〈雛型〉との不思議なラブ・ストーリーを描く表題作ほか、奇妙で、ユーモラスで、どこか哀しい四つの幻想譚。芥川賞作家の処女短篇集。
203495-2

か-57-2
神様
川上弘美
四季おりおりに現れる不思議な生き物たちとのふれあいと別れを描く、うららでせつない九つの物語。ドゥ・マゴ文学賞、女流文学賞受賞。
203905-6

か-57-3
あるようなないような
川上弘美
うつろいゆく季節の匂いが呼びさます懐かしい情景、ゆるやかに紡がれるうつつと幻のあわいの世界。じんわりとおかしみ漂う味わい深い第一エッセイ集。
204105-9

か-57-4
光ってみえるもの、あれは
川上弘美
いつだって〈ふつう〉なのに、なんだか不自由……。生きることへの小さな違和感を抱えた、江戸翠、十六歳の夏。みずみずしい青春と家族の物語。
204759-4

各書目の下段の数字はISBNコードです。978－4－12が省略してあります。

か-57-5
夜の公園
川上弘美
わたしいま、しあわせなのかな。寄り添っているのに、届かないのはなぜ。たゆたい、変わりゆく男女の関係をそれぞれの視点で描き、恋愛の現実に深く分け入る長篇。
205137-9

か-57-6
これでよろしくて？
川上弘美
主婦の菜月は女たちの奇妙な会合に誘われて……夫婦、嫁姑、同僚。人との関わりに戸惑いを覚える貴女に好適。コミカルで奥深いガールズトーク小説。
205703-6

か-61-1
愛してるなんていうわけないだろ
角田光代
時間を気にせず靴を履き、いつでも自由な夜の中に飛び出していけるよう…好きな人のもとへ、タクシーをぶっ飛ばすのだ！　エッセイデビュー作の復刊。
203611-6

か-61-2
夜をゆく飛行機
角田光代
谷島酒店の四女里々子には「ぴょん吉」と名付けた弟がいて……うとましいけれど憎めない、古ぼけてるから懐かしい家族の日々を温かに描く長篇小説。
205146-1

か-61-3
八日目の蟬《せみ》
角田光代
逃げて、逃げて、逃げのびたら、私はあなたの母になれるだろうか……。心ゆさぶるラストまで息もつがせぬ傑作長編。第二回中央公論文芸賞受賞作。〈解説〉池澤夏樹
205425-7

か-61-4
月と雷
角田光代
幼い頃暮らしをともにした見知らぬ女と男の子。再び現れたふたりを前に、泰子の今のしあわせが揺らいで……偶然がもたらす人生の変転を描く長編小説。
206120-0

か-61-5
世界は終わりそうにない
角田光代
恋なんて、世間で言われているほど、いいものではない。それでも……愛おしい人生の凸凹を味わうエッセイ集。三浦しをん、吉本ばなな他との爆笑対談も収録。
206512-3

い-115-2
それを愛とまちがえるから
井上荒野
愛しているなら、できるはず？　結婚十五年、セックスレス。妻と夫の思惑はどうしようもなくすれ違って……。切実でやるせない、大人のコメディ。
206239-9

い-115-1
静子の日常
井上荒野
おばあちゃんは、あなどれない――果敢、痛快、エレガント。75歳の行動力に孫娘も舌を巻く！　ユーモラスで心ほぐれる家族小説。〈解説〉中島京子
205650-3

ほ-16-1
回送電車
堀江敏幸
評論とエッセイ、小説。その「はざま」にある何かを求め、文学の諸領域を軽やかに横断する――著者の本領が発揮された、軽やかでゆるやかな散文集。
204989-5

ほ-16-2
一階でも二階でもない夜　回送電車Ⅱ
堀江敏幸
須賀敦子ら7人のポルトレ、10年ぶりのフランス長期滞在で感じたこと、なにげない日常のなかに見出した秘蹟の数々……54篇の散文に独自の世界が立ち上がる。〈解説〉竹西寛子
205243-7

ほ-16-5
アイロンと朝の詩人　回送電車Ⅲ
堀江敏幸
一本のスラックスが、やわらかい平均台になって彼女を呼んでいた――。ぐいぐいと、そしてゆっくりと、読み手を誘う四十九篇。好評「回送電車」シリーズ第三弾。
205708-1

ほ-16-7
象が踏んでも　回送電車Ⅳ
堀江敏幸
一日一日を「緊張感のあるぼんやり」のなかで過ごしたい――異質な他者や、曖昧な時間が行きかう時空を泳ぐ、初の長篇詩と散文集。シリーズ第四弾。
206025-8

ほ-16-3
ゼラニウム
堀江敏幸
彼女と私の間を、親しみと哀しみを湛えて、清らかな水が流れていく――。異国に暮らした男と個性的で印象深い女たちの物語。ほのかな官能とユーモアを湛えた珠玉の短篇集。
205365-6

ほ-16-6
正弦曲線
堀江敏幸
サイン、コサイン、タンジェント。この秘密の呪文で始動する、規則正しい波形のように――暮らしはめぐる。思いもめぐる。第61回読売文学賞受賞作。
205865-1

ほ-16-8
バン・マリーへの手紙
堀江敏幸
「バン・マリー」―湯煎―にあてた詩、音楽、動物、思い出深い人びと……愛しい日々の心の奥に、やわらかな火を通すエッセイ集。
206375-4

各書目の下段の数字はISBNコードです。978－4－12が省略してあります。

ほ-16-9
戸惑う窓
堀江　敏幸
覗かずにはいられない。大聖堂の薔薇窓、木造家の古窓……マチスは闇を、プルーストは不思議な絵画を見いだした。世界を一変させた「窓」を訪ねる二十五篇。
206792-9

た-15-10
富士日記（上）新版
武田百合子
夫・武田泰淳と過ごした富士山麓での十三年間を克明に描いた日記文学の白眉。昭和三十九年七月から四十一年九月分を収録。〈巻末エッセイ〉大岡昇平
206737-0

た-15-11
富士日記（中）新版
武田百合子
愛犬の死、湖上花火、大岡昇平夫妻との交流。昭和四十一年十月から四十四年六月の日記を収録する。〈巻末エッセイ〉しまおまほ　田村俊子賞受賞作。
206746-2

た-15-12
富士日記（下）新版
武田百合子
季節のうつろい、そして夫の病。山荘でともに過ごした最後の日々を綴る。昭和四十四年七月から五十一年九月までを収めた最終巻。〈巻末エッセイ〉武田　花
206754-7

た-15-5
日日雑記
武田百合子
天性の無垢な芸術者が、身辺の出来事や日日の想いを、時には繊細な感性で、時には大胆な発想で、心の赴くままに綴ったエッセイ集。〈解説〉巖谷國士
202796-1

た-15-9
新版　犬が星見た　ロシア旅行
武田百合子
夫・武田泰淳とその友人、竹内好との旅を、天真爛漫な目で綴った旅行記。読売文学賞受賞作。竹内好の随筆「交友四十年」を収録した新版。〈解説〉阿部公彦
206651-9

さ-18-7
男の背中、女のお尻
佐藤　愛子
田辺　聖子
女の浮気に男の嫉妬、人のかわいげなどを自在に語り合い、男の本質、女の本音を鋭く突いた抱腹絶倒の対談集。中山あい子、野坂昭如との鼎談も収録する。
206573-4

た-28-15
ひよこのひとりごと　残るたのしみ
田辺　聖子
他人はエライが自分もエライ。人生はその日その日の出来心――七十を迎えた「人生の達人」おせいさんが、年を重ねる愉しさ、味わい深さを綴るエッセイ集。
205174-4